耕雲釣月
上
嘆西茶 著

目錄

CONTENTS

第一站　藜州瀑布

飛機著陸那刻，袁雙忍不住紅了眼。

如果知道會遭此劫難，她就不會出門旅行，不，她就不會一氣之下辭職。

大學畢業後，袁雙懷著雄心壯志來到北京，在家人和好友都不看好的情況下，毅然決然開始北漂的生活。

袁雙大學念的是飯店管理，到北京後她通過層層關卡，入職了一家星級飯店，從前臺開始做起，一步步往上爬，五年的時間，坐到了大廳副理的位置。

前段時間飯店人事調動，袁雙的上司離職，前廳部經理一職空缺，所有人都說這個位置肯定是她的，人事部經理私底下還暗示過袁雙，讓她做好心理準備。

袁雙入職以來為飯店嘔心瀝血做牛做馬，縱觀整個前廳部，沒有人比她更有資格坐上這個位置。她對經理這個職位志在必得，甚至打電話給家人時還有意無意透露過自己將會升職加薪，只是這個美夢沒做多久就被一個「空降兵」打碎了。

總經理的姪女歸國回來，直接坐上了前廳部經理的位置，飯店的員工譁然，卻也不敢置喙，袁雙一時成了個笑話。

在社會大學進修了這麼久，袁雙見多了不公，她以前也不是沒被截胡過，只是這次卻心灰意冷。

回想在飯店的這五年，她自認對工作盡心盡力，飯店忙，入職以後她幾乎每天二十四小時 stand by，在客房部輪崗時她什麼髒活累活都幹過，甚至收拾住客的穢物，清洗馬桶，幫人擦皮鞋，還要忍受客人的辱罵和騷擾。

她的個性本來風風火火，這些年因做服務業，始終壓抑著自己的本性，漸漸地被磨平了稜角。因為工作屬性，她要上夜班，休息日也經常要加班，幾乎沒有個人生活，她的前兩任男友都是因為受不了她的工作才分手的。

飯店的同行常開玩笑說他們就是給人當「奴才」的，袁雙的大學同學大多都轉行了，只有她還在堅持。她也不是沒有想放棄的時刻，坦白說這些年她時常有撂挑子不幹的念頭，但每每又不甘心止步於此，才撐到了第五個年頭。

本以為只要堅持就會有好的結果，現實卻給她一擊。

前廳部經理這一職位被截是壓死駱駝的最後一根稻草，人事任免通知下來的那天，袁雙忍不住去找總經理理論，得到的卻是「學歷不夠，難堪重任」的誅心話語。

總經理寥寥幾句敷衍的話就將她過去幾年的付出變成了狗屎，袁雙心寒過後又是不忿，這才記起自己本來也不是好脾氣的人。這幾年為了工作她忍氣吞聲委曲求全，累積許久的怒火壓抑在胸腔中，只需一個火星子就能點炸。

袁雙在辦公室指著總經理的鼻子不留情面地發洩了一通，在貶損完他的三角眼蒜頭鼻後，她乾脆俐落地提了辭職，不給他反擊的機會。

當下她是爽了，但事後離開飯店，冷靜下來又不免後悔，覺得自己過於衝動，把幾年的努力付之一炬了。

袁雙的父母早前就不同意她去北京，覺得以她的能力在首都根本無法站穩腳跟，現在讖言成真，在知道她不但沒有升職加薪還丟了工作後，又以一副早就料到的過來人姿態來說教數落她。

袁雙總覺得父母看到自己吃了虧得以驗證了他們的觀點，不為她打抱不平反而還有些沾沾自喜，她心裡不痛快，便忍不住和他們吵了一架，電話不歡而掛。

袁雙本來還想著離職後有時間回家看看，但家裡二老讓她「有本事別回家」，不蒸饅頭爭口氣，她一氣之下就把車票退了。

袁雙當上副理後租了間小公寓，離職後她無處可去，便整日宅在公寓裡。說來也怪，以前忙的時候嫌沒時間休息，現在閒下來了反而覺得不適應。她和好友李珂聊天說起這情況，得到一句「勞碌命」的評價，之後李珂又開解建議她，趁這機會出去走走散散心。

飯店遇到節假日都不一定能放假，更別說休假去玩了，袁雙上次旅行還得追溯到大學畢業，和室友去了趟西北，自那後她只有出差才有機會去別地，每次也是來去匆匆。

這些年她的生活除了工作就是工作，想想也的確虧待了自己。袁雙思索過後就採納了李珂的建議，打算出門散散心，放飛一下。

她臨時起意，一時想不到可以去哪，不知道是不是聊天紀錄被手機軟體竊聽了，那天晚上她滑短影片時，一連滑到了好幾個旅遊博主，聽到最多的就是那句「歡迎來到西雙版納」。

袁雙很聽勸，立刻訂了一張飛雲南的機票，當晚收拾好東西，隔天拉著行李箱就去了機場。

登機報到、托運、候機、登機、起飛，一切都很順利，袁雙以為自己接下來的旅途也會很順遂，誰承想飛機在雲霄之上遇到了不小的狀況。

飛機遇到強烈亂流，顛簸劇烈。情況緊急，空服員廣播通知乘客飛機要緊急備降，要求所有人聽從指揮，做好備降前的準備工作。

艙內氧氣面罩彈出，客艙內人心惶惶，不少人驚懼之下痛哭出聲。袁雙也害怕，背部緊緊地貼在椅背上，腦子裡走馬燈一樣閃過了許多畫面，十分懊悔登機前和父母吵了架。

幸而有驚無險，飛機順利降落到了藜州機場，著陸後機組人員安排乘客撤離，機場人員早做好了準備，把他們轉移到了安全處，又有醫務人員來檢查他們的身體，確認無礙後安排他們入住飯店，又派人來做心理輔導。

袁雙和一個大姐被安排到了一個房間，鬼門關走一趟，她過了好久才緩過神，想起飛機上經歷的生死時刻又是後怕。到了飯店，她打電話給父母，家裡兩位顯然還在氣頭上，口氣生硬，她也沒頂撞，放軟語氣認了錯，又說自己出門散個心，過陣子回家，絕口不提飛機上的意外。

諸事不順，袁雙情緒低沉，晚上又有航空公司的員工前來慰問，說明天會為他們安排前往雲南的航班。經過今天雲上這一遭，袁雙有點恐飛了，西雙版納對她的吸引力早被留在了九霄之上，她沒多考慮就和航空公司的人說自己要留在藜州。

沒了玩樂的心，袁雙便準備打道回府，她打算訂一張回北京的高鐵票，打開購票軟體卻發現往後一週從藜州省城藜陽直達北京的高鐵票全沒了，再看了火車票一眼，臥鋪都是無票的狀態。

她以為系統故障了，更新了下頁面，結果仍是如此。

「太離譜了吧。」袁雙盯著手機，忍不住出聲說了句。

「怎麼了？」同房間的大姐問。

「回北京的車票都沒了。」袁雙納悶：「我沒聽說北京最近要辦什麼活動啊。」

「唉，正常，這個時候很多學校陸陸續續放暑假了，學生要麼回家要麼去玩，車票就沒了。」

袁雙恍然，畢業多年，她都忘了還有暑假這回事。她又搜尋了下回老家的車票，情況也差不多，直達車都沒票，只能轉乘。

若是輕裝出行轉乘也就罷了，可袁雙這次出門本打算在外玩一段時間的，所以行李也多，拖著個大行李箱趕車轉車實在不便。

屋漏偏逢連夜雨，袁雙直嘆人衰的時候倒楣事真是一件一件接著來。

「妳是出來旅遊的吧？」大姐問。

袁雙點頭：「本來是。」

「現在打算回北京？」

「嗯，沒心情了。」

「唉，那多可惜啊，剛出門就回去，好不容易活下來，可不得玩得更暢快點啊。」大姐語氣豁達道：「反正現在暫時也沒回去的車票，妳不去雲南，可以就在藜州玩玩啊。」

「以前來過藜州嗎？」大姐問。

袁雙搖頭。

「那正好啊，我和妳說，我去年來過藜州，避暑勝地，能玩的地方可多了。」

「是嗎？」

「是啊，藜州有山有水還有很多民族部落，好玩著呢。」大姐越說越起勁，像個旅遊宣傳大使，一個勁地介紹藜州，又問：「藜州的大瀑布知道吧？」

袁雙點了下頭，藜州是西南的一個小省份，她不太熟悉，以前出差也沒來過，但大瀑布她是有印象的，讀書的時候國文課本上有篇文章專門介紹這個瀑布，她學這篇課文時還產生過憧憬。

「去過嗎？」

「沒有。」

「那不是正好藉這個機會去看看嘛，夏季瀑布水量大，是最壯觀的時候，錯過可惜啦。」

大姐一直熱情地推薦，還拿出手機找出去年拍的照片和影片給袁雙看：「景色美吧。」

袁雙附和：「是不錯。」

「怎麼樣，是不是有點心動了？」

袁雙經過今天的飛機事故，玩興大減，但看大姐興致這麼高，不忍心潑她冷水，便點了下頭。

大姐更來勁了，好似將產品成功推銷出去的銷售員，笑著說：「大瀑布不在藜陽，在藜南，從市裡到那沒有直達的車，要坐火車去平順再轉巴士去風景區，妳要是嫌麻煩可以跟人共乘去。」

「我去年遇到一個可靠的司機，專門走大瀑布路線的，人很負責，也不知道現在還跑不跑車。」

大姐說著就去找手機：「我記得我存了他的號碼，應該沒刪，妳等等啊，我找找。」

袁雙抬手，委婉道：「姐，不用麻煩了。」

「不麻煩不麻煩。」大姐戴上眼鏡，低頭看著手機，沒多久就喜上眉梢道：「找到了，果然沒刪，我把他的手機號碼給妳，妳存著。」

盛情難卻，大姐都做到這分上了，袁雙也只好配合地拿出手機，存下她念的手機號碼，心想著晚點再刪了。

大姐又讀了號碼一遍，問：「沒存錯吧？」

「嗯。」

「那就行。」大姐心滿意足地收起手機，又說：「這個司機姓『楊』，妳要是有需要就打電話問問，他人很好的。」

袁雙乾巴巴地笑，低頭幫剛存的號碼打上備註：楊司機。

晚上袁雙又上購票軟體看了眼，近幾天從藜陽去北京的車票仍是無票狀態，她開通了自動搶票，一覺起來，一無所獲。

同一航班的乘客飛的飛，走的走，袁雙遠在他鄉是回也回不成，去也去不得，完全被困在了藜州。同房間的大姐今天要搭乘航空公司安排的航班繼續前往雲南，走之前還特地叮囑袁雙，要是去大瀑布玩，記得找那個姓「楊」的司機。

袁雙被提點，就去網路上搜尋了下去大瀑布的攻略，發現從藜陽到大瀑布風景區可以當天來回，她當下心裡就有了計畫。

反正今天搶到車票的機率很小了，與其在飯店裡乾等，不如去大瀑布看一看，也算是了卻一樁兒時的心願，興許玩上一天，晚上回來就搶到了明天的車票。

袁雙向來是很果斷的人，打定主意後就立刻付諸行動。她搜了搜藜陽去大瀑布的路線，最後發現果真如那個大姐所說，沒有直達車，要先坐火車到平順，再去客運站坐到風景區的巴士。

網路上說進大瀑布風景區至少要預留五個小時的時間，否則根本逛不完裡面的景點，今天時間已晚，現在再去火車站搭車去平順，時間緊張不說，也不一定湊巧。

袁雙思忖片刻，找到了昨晚存下的號碼，打電話給那個楊司機。

沒多久，電話接通了，袁雙試探地喊了聲：「楊司機？」

電話那頭的楊平西愣了下。

袁雙喊完沒聽到回應，以為自己打錯了電話，又問：「您不是楊司機？」

楊平西聽過別人喊他楊老闆、楊哥、老楊小楊，倒是沒聽人喊他「司機」過，一時覺得新鮮。

他清了清嗓，出聲問：『什麼事？』

袁雙有些意外，這個楊司機的聲音聽起來很年輕，沙沙的帶點慵懶意味，不像她印象中老司機的嗓音。

她稍一頓，說明打電話的意圖：「我想去大瀑布，有個朋友給了我你的聯絡方式，說你的車是專門走瀑布路線的？」

楊平西從菸盒裡抖了根菸出來，聽她這樣問，應道：『算是吧。』

算是吧？袁雙皺了下眉，覺得這個楊司機不太可靠。

『妳今天要去大瀑布？』楊平西點上菸含糊地問。

「對。」

『幾個人？』

「一個。」

『一個啊。』

袁雙聽他意思像是嫌人少不想走，她乾脆道：「沒人共乘的話我可以包車。」

楊平西叼著菸挑了下眉，略有興味地說：『包我的車可不便宜。』

「多少？」

楊平西想了下，說了個價格：『四百。』

袁雙剛才在網路上看了，從藜陽到大瀑布風景區有近兩百公里的路程，開車要兩個多小時，包一輛車去那四百塊不算貴。

「可以。」袁雙沒多猶豫就同意了。

楊平西眸光一動，問：『妳人在哪？』

袁雙把飯店名告訴他，楊平西一聽是在機場附近，便說：『妳等著，我去接妳。』

掛斷電話，楊平西熄了菸，拿手機撥了通電話出去，等那頭接通後說：「大雷，我今天不回去了。」

『啊？』大雷納罕，問：『出什麼事了，怎麼不回來了？』

「沒什麼，接了趟車。」

『哥，你不是說不接車了嗎？阿莎的媽媽住院了，她這兩天不在，我一個人忙不過來。』

「臨時的，一個女生打電話約的，她一個人，不好把她撂下。」楊平西說：「店裡你先看著點，我明天就回去。」

『這次可說好了啊。』

「嗯。」

楊平西又問了下旅店這兩天的情況，和大雷聊了兩句才掛斷電話，他拿起剛才在便利商店買的水一口氣喝了半瓶，這才啟動車子去往機場。

他今天本來要回藜東南，也是那女生的電話打得及時，他還沒出城，來得及掉頭去接她。其實這單生意不接也行，可那女生說是朋友介紹的，他猜應該是以前的客人引薦的，既然別人信得過他，他也不好辜負這份信任。

楊平西開車到了飯店，拿出手機在通話紀錄中找到了個北京的號碼撥了過去，沒多久就看到一個女生走出來。

袁雙穿著防晒外套，把外套的拉鍊一拉到底，遮住了下半張臉，又戴上帽子，鼻梁上架著一副墨鏡，全副武裝地出了門。

楊平西下車，等那個渾身上下包得嚴嚴實實的女生走近，問：「是妳要去大瀑布？」

袁雙輕輕點頭，墨鏡後的眼睛上下打量了楊平西一下。

原來他不是聲音年輕，是他本來就年輕，休閒T恤工裝褲搭上馬丁靴，覆額的碎髮配上他那雙漫不經心的眼睛，還有下巴處剛冒出來的鬍渣，整個人看起來就像個落拓不羈的浪子，一副萬事不掛心的模樣。

袁雙覺得他這氣質適合去草原騎馬放羊，不適合開車載客。

那個大姐把這個「楊司機」誇上天，她就理所當然地以為他會是個很有經驗的在地老司機，現在這樣一看，她不由懷疑起了大姐的話。

「你就是楊司機？」袁雙看了楊平西頸側的刺青一眼，語氣有一絲不信任。

「是我。」楊平西看出了袁雙的防備，沒點破，微挑下巴示意道：「上車吧。」

袁雙垂眼打量這輛車身沾滿泥漬的小轎車，車上的漆被蹭掉了好幾處，後座車門還凹陷了一塊，看起來如同一輛報廢車，她心裡更沒底了。

「前兩天下雨，跑山路濺到的，還沒來得及洗。」楊平西打開車門，一手搭在車頂上，側著身回頭，隨意問：「還走嗎？」

袁雙抬頭對上楊平西的眼睛。

從剛才到現在他都不冷不熱的，完全沒有招徠客人的樣子，她懷疑他這樣的態度平時能不能拉到客人。

他看起來不像好人，也不像個壞人，亦正亦邪的。袁雙對他不放心，但現在再找車也來不及了，便抿了下嘴，說：「走。」

她特地從車後方繞到另一邊坐上後座，把車牌號記下後傳給李珂，叮囑她要是聯絡不上自己就報警說這輛車的車主有很大的嫌疑。

李珂立刻回覆：『不會是假牌車吧？』

袁雙覺得不無道理，便抬起頭看向駕駛座，狀似無意地問：「司機，我還不知道你叫什麼名字呢？」

楊平西從後視鏡中看她一眼，即便她戴著墨鏡，他也能看穿她的心思。他了無意味地一笑，倒是配合，一邊倒車一邊回她：「楊平西。」

「哪個『平』哪個『西』？」

「最簡單的那兩個。」

袁雙皺眉：「平安的『平』，西南的『西』？」

「嗯。」

楊平西，袁雙把這個名字連同他的手機號碼傳給李珂，沒多久李珂傳來幾則語音訊息，扯著嗓子讓袁雙記得一路報平安，要是袁雙超過十分鐘沒回她訊息，她會馬上報警的。

楊平西知道這語音是說給自己聽的，心下嗤笑，覺得今天接了個吃力不討好的活。

袁雙抱臂坐在後座，時刻注意楊平西的行駛路線，當看到他把車停在了火車站的出口時，忍不住訝異道：「怎麼來這了？」

「看看有沒有人要去大瀑布。」楊平西解安全帶的同時眼睛還看著後視鏡，似笑非笑地說：「多拉兩個人妳就不用花錢包車，也不用一直防著我了。」

袁雙的心思被點破，有點尷尬，幸好臉上遮得嚴實，他看不到她的表情。

「能拉到人嗎？」袁雙岔開話問。

「最近遊客多，試試。」楊平西說完推開門，下車前回頭看了袁雙一眼，說：「妳坐著等一下。」

袁雙貼著車窗看向車站出口，許是有列車到站，出口處湧出了一大批人，在各處蟄伏著的私家車司機聞風而動，一哄上去拉客。

和那些熱情洋溢的司機比起來，楊平西一點都不熱絡，他就杵在一個位置上，腳下生根了似的，有人從他身邊經過時才問兩句。

袁雙見別的司機都拉到客了，就楊平西還「顆粒無收」，她性子急，反倒坐不住了，下了車就走過去。

楊平西看到袁雙站到身旁，愣了下，開口說：「不是讓妳在車上等著？」

袁雙瞥他一眼，數落道：「我趕時間，你這麼佛系是拉不到客的，我來吧。」

她說完把防晒外套的拉鍊往下拉了點，楊平西這才有機會看到她一半的臉，雖然不完整，但不妨礙她的美麗。

袁雙的目光快速掃視著出站的人群，逮到拖行李箱的人就直接上前詢問，態度落落大方，絲毫不露怯。

楊平西看她露出標準八顆牙齒的微笑，總覺得她對拉客這種事非常熟練，讓他想到了風景區餐廳門前招攬食客的店員。

車站人來人往，拖行李箱的人不在少數，但大多人遇到拉客的都會冷漠地擺擺手，快速走開。袁雙氣惱，但換位思考，如果是她，在車站遇到拉客的私家車也會有所顧忌，這是人之常情。

就這樣碰了幾次壁之後，袁雙的好勝心被激了出來，生出了一股不拉到客絕不甘休的幹勁，楊平西說要走她都不答應。

沒多久又有一撥人從車站出來，袁雙眼尖，看到三個拖著行李箱的年輕女孩出了站，立刻搶在別的司機前衝上去，熱情地招呼道：「嗨，幾位美女，妳們要去大瀑布嗎？我這有直達的車，立刻出發，妳們坐嗎？」

「不用了，我們自己坐車去。」一個女生說。

袁雙一聽她們有打算去大瀑布，心頭一喜，忙說：「我也是來旅遊的，現在在找人共乘，妳們應該做過攻略吧，從藜陽到大瀑布沒有直達車，自己去的話就要坐火車再轉車。」

「轉車很麻煩的，而且時間不一定合適，不如和我一起走，今天上午就能到，下午就能去風景區玩，時間一點都不會浪費。」

「行李的話妳們不用擔心，風景區附近就有飯店，妳們可以住那，這樣也不會太趕。」

「共乘怎麼也比坐火車舒服啊。」

袁雙連珠炮似的說了一堆，三個女生妳看看我，我看看妳，顯然有些動搖了。

袁雙眼見有戲，再下一劑猛藥，轉過身指著楊平西，掐著嗓笑得一臉諂媚，說：「全程有帥哥司機相伴哦。」

楊平西：「……」

三個女生瞄了楊平西一眼，突然妳推我，我推妳，羞赧了起來。

袁雙在心裡低嘆，自己巧舌如簧費盡口舌都不如楊平西一張臉來得有用，這世道。

三個女生嘀嘀咕咕商量了一陣，最後做出決定，說：「好吧，那我們就和妳一起去吧。」

袁雙一下拉到了三個乘客，把車子座位填滿了，一股成就感自心裡油然而生。她轉過身看著楊平西，下巴一抬，對他頗為得意地一笑。

楊平西看她跟一隻驕傲的孔雀似的，輕挑眉頭，笑了。

楊平西領著袁雙拉到的三位女生往停車的地方走，路上短髮女生問：「還不知道車費多少呢？」

「一人一百。」楊平西說。

那個女生外向些，一口一個「哥」，還和楊平西議價：「我們三個都是學生，放假出來玩的，經費有限，你能不能給個折扣，一人收八十行不行？」

楊平西不想和人討價還價，隨性地點了頭，餘光察覺到袁雙的目光，便轉過頭和她說：「妳也一樣的價格。」

包一輛車四百，現在多拉了三個人反倒少賺了快一百，袁雙覺得楊平西這人真的不會做生意，一點生意人該有的精明都沒有，像冤大頭一樣。她想如果自己和他搭夥做生意，鐵定會虧死，但現下她是受益者，倒也樂得少花點錢。

到了車旁，三個女生顯然對小轎車的外觀頗有微詞，袁雙覺得楊平西拉她們也沒多賺，出發點是為了她能省錢安心，也就自覺地和他在同個戰壕裡。

「前兩天藜州下雨，車跑山路，還沒來得及去清洗，不過車內很乾淨的。」袁雙打開車門讓她們看，又說：「帥哥司機開車很穩的，我親測。」

楊平西不知道袁雙是想省錢還是真的擔心他是個壞人，所以想拉人作伴，他看她這賣力拉客的模樣，比他店裡的員工還盡職盡責，不由失笑。

那三個女生往車裡看了眼，知道袁雙說的話不假，又覺得車費合理，比自己坐火車坐巴士方便划算，也沒多猶豫就上了車。

她們三個是一起的，袁雙不好把人分開，就自行坐到了副駕駛座上。她調整了下椅背，坐舒服後目光轉了轉，就看到了中控臺上放著一本泰戈爾的詩集。

袁雙看向幫人放好行李箱才上車的楊平西，問：「你還會讀詩？」

楊平西關上車門，順著袁雙的目光看到了那本書，倒是很坦然地點了下頭，說：「有空會看看。」

袁雙咂嘴，驚訝他不良分子的外表下，內心竟然是個文藝青年，開著一輛小破車謀生，心裡還裝著詩和遠方。

「看不出來啊，哥你還是個讀書人。」後座短髮女生往前抓著椅背，和他搭話：「還沒問呢，怎麼稱呼你啊？」

「我姓楊。」

「那我叫你『小楊哥』？」

這稱呼親暱過頭，楊平西說：「喊我『楊老闆』或者……」

他看了袁雙一眼，笑了下說：「楊司機也行。」

「楊老闆？你開店的？」短髮女生問。

「有家小旅店。」

這下袁雙也意外了，她問：「你開旅店的？」

「嗯。」

「在大瀑布附近？」

「不是。」楊平西說：「在藜東南。」

袁雙對藜州不熟悉，不知道藜東南到底在哪個地區，又離得有多遠，倒是那短髮女生聽了很激動，目光炯炯地看著楊平西說：「我們之後有打算去藜東南呢，你的旅店在哪，離千戶寨和古橋遠不遠？」

楊平西老實回答：「就在古橋旁邊，去寨子也不遠。」

「哇，那很好。」短髮女生掏出手機問：「楊老闆，能不能加個好友，之後我們要是去了藜東南就去你的旅店住。」

有生意光臨楊平西自然不會拒絕，乾脆地拿出手機讓她掃碼加好友，要收回手時對上了袁雙的眼睛，他動作一頓，問：「妳要加嗎？」

「不了。」袁雙擺手：「我不去藜東南。」

一般人來藜州旅遊都會去藜東南走一走，楊平西沒問袁雙怎麼不去，也沒像別的旅遊司機一樣說些「不到藜東南就不算到藜州」之類的話拉攏生意。她說不去，他就收起手機，繫上安全帶準備開車。

「你在別的地方開旅店怎麼會跑來藜陽載客，還是走大瀑布路線？」袁雙忽然問。

「前段時間旅遊淡季，大瀑布人多點。」

楊平西回得簡單，袁雙卻聽明白了。

大瀑布是國家級風景區，聞名中外，去的人肯定比別的景點多，旅店淡季住的人少，楊平西開車載客走大瀑布線不僅能賺點外快，興許還能混個臉熟，拉些客人入住自家旅店。

生財有道，這個曲線拉客源的辦法倒是不錯，就是執行人不大可靠。

剛才要不是後面那短髮小妹多問了一嘴，誰能知道楊平西在藜東南開了家旅店？他做生意全憑運氣，佛系得很，旅店能好才怪。

當然這話袁雙也只在心裡想一想，沒有說出來。她和楊平西素昧平生，他的旅店生意好不好不關她的事。

從藜陽到平順走高速公路，一路上後面三個女生有說有笑的，又是拍合照又是玩遊戲，全然是遊客派頭，託她們的福，車內氣氛一直很輕鬆。

袁雙看得出來，那個短髮小妹對楊平西有點意思，路上她幾次找他搭話，聽起來像是在打聽藜州的風土人情，其實醉翁之意不在酒。

她在一旁有一搭沒一搭地聽著，慢慢的眼皮就重了。昨天因為險遭空難，她晚上做夢都夢到自己坐飛機失事了，因而一夜沒睡好，現在在車上晃晃悠悠的不由萌生睡意，強撐不住睡了過去。

楊平西起初沒發覺袁雙睡著了，還是在轉彎時，餘光見她腦袋一歪，才看出來。

他不覺好笑，剛上車時她防狼一樣防著他，現在又這樣毫無防備地睡著了，也不知道她到底是信他還是不信他。

袁雙睡得昏昏沉沉，還是一個顛簸把她顛醒了，她睜開眼覺得眼前黑濛濛的，下意識抬手要揉眼睛，碰到了鏡框，才有些清醒。

「醒了？」楊平西出聲。

袁雙坐直身體，摘下墨鏡先往窗外看了眼，見路旁崇山環繞，萬峰如林，才回過頭問楊平西：「要到了？」

楊平西冷不防毫無隔礙地對上袁雙的眼睛，不由恍了下神。

「哦。」楊平西回神，說：「再二十分鐘就到了。」

袁雙回頭去看，後座三個女生大概也是坐車坐累了，此時正妳靠著我，我靠著妳，安靜地坐著看手機。

「妳們都買門票了嗎？」楊平西問。

「昨天晚上就買好了。」短髮女生說。

袁雙經提點才想起自己沒買票，忙拿出手機想在網路上買張門票，卻發現今天的票都售罄了。

「不會吧，沒票了？」

楊平西聽她嘟囔，問：「沒票了？」

「嗯。」

「最近風景區有些設施在維修，限制人流了，所以票少。」

「那我是不是進不去了？」袁雙眉頭緊皺，暗道自己這次真是出門不利，事事倒楣。

「我認識個風景區的朋友，等等我打通電話給他，讓他幫妳出張票。」

「原價？」

楊平西嗤笑：「一分錢都不多賺。」

臨近風景區，楊平西把車停在了一家飯店前，回過頭和後座的女生說：「這就是我剛剛和妳們說的飯店，附近有超市也有餐館，住這比較方便，靠近路邊也安全。」

他頓了下又說：「妳們要是想住別的飯店也行。」

「這家飯店我們剛才在網路上看過了，評價挺好的，我們就住這吧。」短髮女生說。

「行。」

楊平西解開安全帶，下車把後車廂裡的行李箱拿下來，又繞到副駕駛座敲了敲車窗玻璃。

袁雙降下窗：「怎麼了？」

「妳也下車，吃頓飯再進風景區，裡面餐廳少，吃的也更貴。」

袁雙看了眼時間，現在都快正中午了，她早上什麼都沒吃，現在確實有點餓，便聽楊平西的話下了車。

楊平西帶著後座三個女生進飯店辦入住，袁雙跟著進去看了看。她在飯店做久了，有職業病，每進到一家飯店就習慣性用研判的目光去觀察裡面的環境和服務人員的素質。

大瀑布風景區遠在深郊，飯店各方面條件自然不如城市裡的好，但不算太差，價格也合理公道。飯店前臺和楊平西像是老相識，見到是他帶來的人二話不說就幫忙打折。

辦好入住手續，三個女生拖著行李箱上樓，楊平西就在大廳打電話給他在風景區工作的朋友，說了一下買票的事。

掛斷電話，楊平西問袁雙：「身分證帶了嗎？」

「帶了。」

「妳拿出來我拍張照片給他。」

袁雙看著他，眼神又開始不信任了。

楊平西挑眉：「妳怕我拿妳的個人資料幹壞事？」

袁雙說：「也不是不可能。」

楊平西頷首：「妳一個人出門，有警戒心是挺好的，就是下次記得別在陌生男人的車上睡著了。」

袁雙覺得他在諷刺自己。

「等一下我送妳到購票處，妳去遊客服務中心問問，應該還是能買到票。」

他都這麼說了，袁雙再多疑反倒顯得不識好歹，她從包裡翻出錢包，拿出身分證，輕咳一聲遞給他。

楊平西掀起眼瞼，見袁雙一臉彆扭樣，輕笑了下，接過。他拿她的身分證拍了照傳給朋友，也就知道了她的名字。

袁雙，好事成雙，寓意不錯。

「手機號碼。」

袁雙說了串數字，沒多久手機就收到了一則購票成功的簡訊。

「我朋友幫妳出票了，妳到時候直接刷身分證就能進風景區。」楊平西說。

楊平西這麼坦蕩磊落，袁雙倒有點不好意思了。雖說出門在外寧可不信任一百個好人也不能錯信一個壞人，但真的拂了別人的好意，她心裡也會過意不去。

「那個……門票錢多少，我怎麼給？」袁雙的語氣柔和了些。

楊平西說了個數字：「妳先轉給我吧，我再轉給他。」

「可以，我順便把車費一起轉給你吧。」袁雙這次就應得很乾脆了。

楊平西找出收款碼，袁雙掃描後把錢轉過去。

「多了。」楊平西看到收款數目說。

「不多，說好一輛車四百的，你給她們的優惠我補上，這已經比我自己包車划算很多了。」

楊平西稍一思量，抬起頭問：「妳晚上要回藜陽？」

「對。」

「下午妳從風景區出來打電話給我，我送妳回去。」

「啊？」

「從平順到藜陽最晚的火車是六點，妳自己回去不一定趕得及，既然妳回程的車費都付了，那就坐我的車回去。」

袁雙語噎。

她生平第一次遇到楊平西這樣有錢不賺、有便宜不占的人，心裡越發篤定一個念頭——千萬不能和他這種人一起做生意。

虧死！

從飯店出來，楊平西帶著袁雙她們去了飯店附近的一家小餐館吃飯，餐館的老闆認識他，見他來了就勾肩搭背談天說笑的，看起來感情不錯。

袁雙見楊平西左一個朋友右一個朋友，走到哪都有熟人，還挺納罕的，心道他這門路挺廣啊，簡直是廣交天下。

「妳們能不能吃辣？」楊平西問。

短髮女生俏皮地說：「我們就是隔壁省來的，你說能不能吃？」

西南地區的人大多能吃辣，楊平西了然，又看向袁雙。

袁雙其實不能吃辣，但和別人一起吃飯總不好讓多數人遷就自己的口味，便點了下頭。

楊平西多看了她一眼，轉過身去點菜了。

老闆炒了幾道當地的特色菜，菜上桌時，短髮女生盯著一個有好幾碟小菜的盤子激動地問：「這個是不是就是絲娃娃[1]？」

「嗯。」

「怎麼吃啊？」

楊平西戴上拋棄式手套，拈起一張薄薄的麵皮，將各種切成絲的小菜放在麵皮上裹起來，又舀了點酸湯進去。

「就這樣吃。」

他剛示範完，那三個女生就迫不及待地動起手來。

袁雙也好奇，但看那湯汁紅澄澄的，有點猶豫。

楊平西見袁雙不動，把手上裹好的絲娃娃遞過去，說：「來藜州不嘗嘗絲娃娃就可惜了，酸湯是番茄熬出來的，不辣。」

袁雙沒想到楊平西這麼會察言觀色，心頭一動，也不矯情，戴上手套後就接過他手裡的絲娃娃，放嘴裡嘗了嘗。

起初味道還不錯，嚼了幾下後她突然品出了一股奇怪的滋味，那味道霸道得很，直衝天靈蓋，她頓時覺得有一條活魚在嘴裡遊竄。

袁雙囫圇嚥下，不由凝眉問：「這裡面放了什麼？」

1 絲娃娃，是一種貴州貴陽的特色小吃，類似潤餅，但麵皮較小，吃法不同。

楊平西見她皺著一張臉，才後知後覺，指著一小碟菜說：「我放了魚腥草，妳不是在地人，吃不習慣正常。」

旁邊三個女生見袁雙這窘態，紛紛笑了，楊平西也忍不住翹了下嘴角，見袁雙看過來，壓了壓笑意，說：「妳可以放少一點再嘗嘗，實在吃不習慣就別勉強了。」

袁雙早就聽說過魚腥草的威力，此時真是百聞不如一嘗，她倒了杯水灌進肚子裡，可那淡淡的腥味還是縈繞在舌頭上，久久沒消失。

楊平西最先吃飽放下筷子，他起身去外面點了根菸，回來時手上拿著幾件輕便雨衣，分給了袁雙她們。

「雨衣妳們帶著，用得上。」

楊平西見她們吃得差不多了，坐下說：「大瀑布風景區有三個景點，每個景點都有觀光車直達，一般遊客和旅行團都會從第一個景點逛起，妳們如果也這樣走，就只能看人了。」

「那我們怎麼走人才會少點？」一個女生問。

「錯開景點。」楊平西言簡意賅：「先去第二個景點，再去第三個景點，看完大瀑布再坐觀光車去第一個景點。」

袁雙覺得有道理。

「第二個景點分前後兩程，前半程基本上是人工打造出來的景觀，觀賞性不高，如果體力不錯，我建議妳們走完後半程，風景好的地方都在後面。」

楊平西看了袁雙一眼，見她在聽，頓了下接著說：「從第二個景點出來可以走路去乘車點，也可以選擇花十塊錢坐纜車，風景區裡需要走路的地方很多，最好保存點體力。」

「第三個景點就是大瀑布，可以花錢坐大扶梯下去，也可以選擇走路，兩種方式有利有弊，坐扶梯省時省力，走路可以從不同的角度看到大瀑布。」

短髮女生聽完立刻接道：「那我們肯定走路啊，大瀑布從不同的角度看感覺肯定不一樣。」

楊平西只笑了下，沒有置評。

他看了眼時間，起身說：「走吧，送妳們到風景區門口。」

「飯錢……」袁雙出聲說。

楊平西低頭看她一眼：「我已經付了，外來是客，這頓就當是我請妳們的。」

「謝謝哥，你人真好，今天能遇到你真的是太幸運了，幫我們省了不少事呢。」短髮女生當即殷勤說道。

袁雙剛剛還以為楊平西帶人住飯店和吃飯是有抽成拿的，現在看來是她小人之心了。她也跟著道了句謝，心思卻又彎去了別的地方。

楊平西無論開車載客還是開旅店，做的都是遊客的生意，他不精明不說，還秉著「外來是客」的原則，處處讓利，這樣能賺到什麼錢，怕不是還賠本？

她現在算是看出楊平西的為人了，一股江湖氣，人是不錯，就是不會做生意。

從餐館出來，一行人重新上了車，楊平西直接送袁雙她們到了風景區門口。下了車，他從後車廂裡拿出幾瓶水分給她們，遞給袁雙時，他不忘再說一遍：「出來打電話給我。」

袁雙含糊地應了聲，接過水後和三個女生一起往風景區走，排隊要進去時，她忍不住回頭看了眼，就見楊平西正倚在車身上點菸，見她看過去，抬手對她做了個打電話的手勢。

風景區人多，好幾個旅行團一起出遊，袁雙聽從楊平西的建議，和三個女生搭乘觀光車直接去了第二個景點，下車後她們一起往裡走。

景點的前半程果然和楊平西說的一樣，是人工打造的景觀，石橋湖泊，和大花園無異。袁雙對人造景觀興趣不大，那三個結伴出遊的女生卻興致勃勃，時不時要停下來拍照合影。

袁雙覺得和她們一起走不僅慢，還要當她們的攝影師，便說自己趕時間，匆匆和她們道別，自己單獨往前走，想盡快到後半程，看看自然景觀。

很多旅行團走完前半程就不繼續往前了，因而後半程遊客驟減，袁雙樂得人少走得自在。後半程的景色果然不負眾望，江水急流，濤濤之勢極為壯觀。她沿著棧道往前，時不時停下拍個小影片傳到家族群組裡，就這樣走走停停的，逛完景點已是一個小時後了。

今天萬里無雲，火傘高張，藜州雖是避暑勝地，但太陽底下也熱得不行。袁雙走了一路，汗出了不少，腿也痠了，楊平西給她的一瓶水早已喝盡。她又累又渴，就沒有步行去乘車點，而是坐了纜車下去，到了休息站買了瓶水，坐著休息一下，這才上車前往大瀑布。

景點到景點之間的距離不近，坐車要二十多分鐘，袁雙之前看網路上說逛風景區要預留五個小時的時間還覺得誇張，現在看，所言不虛。

下了車，袁雙往景點裡走，她平時忙於工作，很少運動，今天猛然一走，體力已經不夠用了。她在大扶梯和步行之間猶豫了下，最後還是在旅行的四字箴言「來都來了」的鼓動下，抬起灌鉛似的腳。

沿著山體棧道一直往下走，很快就看到了大瀑布的片影，袁雙精神一振，立刻加快了腳步。大瀑布景點最為著名，人也最多，觀景臺上烏壓壓的人頭湧動，很多人搶著位置拍照。

袁雙不甘示弱，好不容易擠到前面，頓時被眼前的景象震撼住了。

「飛流直下三千尺，疑是銀河落九天」，這句從小就背的詩有了實像。飛湍瀑流，激起白茫茫的水霧，霧中一輪顏色分明的彩虹昭然若現。

這一刻，袁雙覺得值回票價了，她興奮地拿出手機，左拍拍右拍拍，恨不能飛個無人機。

等她心滿意足地拍完照，手機螢幕已經沾滿了水霧，防曬外套也濕黏黏的了。她退守後方，見很多人在穿雨衣，也有樣學樣地穿上楊平西給的輕便雨衣。

剛才在休息站，袁雙看到有人在賣雨衣，價錢不便宜。她臨時決定來大瀑布，沒做什麼詳細攻略，好在楊平西這司機當得周全，什麼都想好了，連雨衣都備著，倒省了她一筆小錢，不過對他來說又是一筆賠本買賣。

觀景臺擠來擠去的，袁雙沒有久留，繼續往前走，跟著人群進了瀑布底下的溶洞，從另一個角度去觀看大瀑布。

她在大瀑布景點待了很長一段時間，在每個觀景臺上拍了照，回過神，已經下午四點了。想到晚上還要回藜陽，她不再逗留，離開大瀑布，原路返回乘車站，搭車繞回到第一個景點。

等逛完整個風景區，袁雙累得雙腿打顫，她坐車到了風景區門口，看時間不早，趕不上火車了，也沒遲疑，直接打電話給楊平西。

沒多久，楊平西開著車過來，袁雙上車後繫好安全帶，癱坐在位子上，一下都不想動彈。

「她們出來了嗎？」袁雙想到一起來的三個女生，問了一嘴。

楊平西說：「比妳早兩個小時。」

袁雙訝然：「她們怎麼那麼快？」

「搭扶梯下來的。」

袁雙了然，忽然想到中午楊平西在短髮女生說要步行走到大瀑布時露出的意味深長的笑，想來他那時候就覺得她們走不下來。

「我是走完全程的。」袁雙強調。

「我知道。」楊平西見她一副筋疲力盡沒了骨頭的模樣，挑唇笑了下，說：「不虧。」

步行看到了更多的美景，是不虧，但累啊。

袁雙覺得自己把一個月的運動量都預支了，現在連說話的力氣都沒有了。

「直接回藜陽？」

「嗯。」

楊平西把車開到了一個廣場前停下，他解開安全帶，轉頭對袁雙說：「妳坐著等一下。」

袁雙累到恍惚，也沒精力猜他去幹嘛了。

沒多久，楊平西回到車上，手裡拎著一份小吃，遞給袁雙。

「什麼？」袁雙接過問。

「破酥包，墊墊肚子。」

袁雙走了半天，中午吃的飯早變成能量用掉了，現在胃裡空空。她打開餐盒，聞到包子的香味，頓時食指大動，拿起一個包子就咬了一口。

「這包子，還是請我吃的？」袁雙含糊著問。

「嗯。」

袁雙嚥下包子，忍不住看向楊平西，問：「你對所有客人都這樣，動不動就請吃飯？」

楊平西聽袁雙這麼問，以為她在懷疑自己的動機，不由眉頭微挑，說：「放心，妳不是特例。」

袁雙聞言心裡嘖然，暗嘆道：這男人，靠臉吃飯都比他做生意可靠。

第二站　侗寨寨子

袁雙兩個包子下肚，總算是恢復了點力氣，腦子開始轉了。

她轉頭看了空空如也的後座一眼，問：「就我一個人？」

「嗯。」楊平西看她一眼，語氣揶揄：「怕我把妳賣了？」

他謔道：「妳要是擔心我是壞人，剛才就不應該吃我買的包子。」

袁雙乜他：「我是覺得只載我一個人太虧了，我要是你，就會在風景區門口多拉幾個人一起回藜陽，這樣還能多賺點。」

「妳不是趕時間？」楊平西的手指輕敲了下方向盤，又說：「這個時間，要坐火車回去的早就走了，沒走的肯定也聯絡好了車，拉不到人的。」

「而且，不快點上路，晚點可能會下雨。」

「下雨？不會吧。」袁雙轉頭望了望天：「今天天氣挺好的啊。」

「山裡的天氣說變就變。」

袁雙本來對楊平西這話還將信將疑，直到上了高速公路，眼看著烏雲合聚，雲腳越來越低，最後瓢潑大雨傾盆而下，讓人措不及防。

雨勢很大，天地間霎時朦朧，四周的山峰在雨裡被暈染成了一幅古樸的山水畫，意境幽遠。

楊平西降低車速，把雨刷開到最大，還是沒能趕上擋風玻璃被雨水覆蓋的速度。雨水連成片，像是一層天然簾布，蒙住人的眼睛，車外能見度驟然變低。

「這是依萍又去陸家要錢[2]了啊。」袁雙下意識坐直了身體看向前方，她視力很好，但此刻都看不清哪裡是路。

「車不能再在高速公路上走了。」楊平西微皺著眉，時刻觀察著路況，說：「我們在下一個出口下去。」

楊平西把車的前後燈打開，小心地行駛著車輛，從最近的高速出口離開，在出口處的休息站停車。

「在這等等吧，山裡的雨下不了多久的。」

下了雨，氣溫驟降，袁雙白天還熱得出了一身汗，此時卻覺得涼了。她抬手把防晒外套的拉鍊一拉到底，雙手抱臂搓了搓。

今天之前，她都不知道防晒外套還能保暖。

楊平西見她冷，把車裡的暖氣打開。

2 依萍為連續劇《情深深雨濛濛》的女主角。「依萍又去陸家要錢」為網路流行語，完整意思為：今天的雨跟依萍去陸家要錢那天一樣大。

「我還是第一次在夏天吹暖氣。」

「藜州早晚涼，下了雨氣溫會很低。」

「那冬天不是很冷？」

「嗯，凍骨頭。」楊平西說：「妳可以冬天再來趟藜州，感受一下。」

「我是飛機備降才來藜州的，你可別詛咒我。」

說到這，袁雙忽然想起一件事，她拿出手機打開購票軟體看了看，還是沒搶到票。

「怎麼車票這麼緊俏，都趕上過年返鄉了吧。」她嘟囔了句。

「妳在搶票？」

「嗯。」

「去哪的？」

「回北京。」袁雙轉頭看他：「你不會鐵路局也有朋友吧，能幫我出張票？」

楊平西嗤地笑了：「我還沒那麼大能耐。」

「妳要是去近點的地方，我還能幫妳找車，北京就沒辦法了。」

袁雙幽幽地嘆口氣：「實在不行只能飛回去，總不會那麼倒楣，回去還遇到強烈亂流吧？」

「難說。」

袁雙惡狠狠地瞪了楊平西一眼。

「天氣預報說之後幾天天氣都不太好。」

袁雙剛才說自己是備降的，楊平西想到昨晚看的新聞，問她：「妳昨天剛到藜州？」

「嗯？」

「就要回去？」

「嗯。」袁雙說：「本來是要去雲南的，現在膽子都被嚇破了，沒心思玩了。」

楊平西垂眼：「我怎麼覺得妳玩得挺開心的。」

袁雙低頭，見楊平西在看自己今天在風景區買的伴手禮，輕咳了下說：「來都來了，總不好空手回去。」

「再說了，藜州最出名的景點都看了，其他地方的景色應該不會有大瀑布這麼壯觀吧。」

楊平西淡淡地看袁雙一眼，說：「沒去過怎麼知道？」

人往往都有鄉土情結，袁雙覺得楊平西肯定也有，在他心裡，藜州肯定千好萬好，她不和他狡辯。

在車裡坐了一陣，雨勢果然漸小，世界變得清晰了。

楊平西開車掉頭，到高速公路入口時收費站的工作人員和他們說，極端天氣禁止通行，道路具體開放時間要等通知。

袁雙愣了，「啊」了聲，說：「那我不是回不去藜陽了？」

楊平西又把車掉了頭，想了下說：「高速公路不知道什麼時候會開放，走普通公路吧。」

「走普通公路要多久？」

「四個小時。」

「……」

現在已經七點，走普通公路回到藜陽都半夜了。

袁雙深吸一口氣，平復情緒。

楊平西見她像是被雨打蔫了的花一樣，不自覺笑了聲說：「可以邊走邊打聽，要是高速公路開放了，從其他入口也能上去。」

袁雙閉上眼，認命道：「走吧。」

天色漸暗，暝色中山巒影影幢幢，普通公路的路比不上高速公路好走，路窄彎多，雖然雨勢小了，楊平西還是開得比較慢。

約莫開了一個小時，車轉過一個大彎，楊平西見對向接連來了幾輛車，為首一輛車的遠近燈光交替亮了下，他鬆開油門，換了檔，降下車窗。

對向車的司機也放慢車速，微微探頭對楊平西喊道：「哥們，別往那邊開了，前面山崩，路被堵住了，過不去，往回開吧。」

楊平西聞言把車靠邊停下，拿出手機不知道打電話給誰，問了幾句，沒多久就轉過頭看向袁雙。

「是真的。」他說。

袁雙扶額，失語片刻才扼腕道：「我這次出門忘記看農民曆了。」
「高速公路開放了嗎？」她問。
「還沒有。」楊平西回她：「剛才下大雨，公路上出了車禍，今晚應該不會讓車通行了。」
袁雙沒了主意，只能問：「那怎麼辦？」
楊平西問：「妳趕時間嗎？」
袁雙想到還沒搶到的車票，應道：「倒不是很趕。」
「那在平順住一晚，明天再走？」
袁雙看他：「走普通公路再開車回去？」
「嗯。」
袁雙已經折騰了一天，其累無比，現在只希望有張床能讓自己躺下，想到還要再奔波，她臉色都不好了。
楊平西看她，想了下說：「妳要是不想回平順，倒是可以在附近住一晚。」
「休息站？」袁雙想到那個小得不能再小，只有個公廁和幾間小餐館小商店的休息站，懷疑道：「那邊有住人的地方？」
「有個小招待所，不過今天高速公路封路，普通公路又不通，現在應該都住滿了。」
「那你說——」

「我們來的路上有個小侗寨，妳要是願意，可以去那住一晚。」

楊平西說完看著袁雙。

袁雙沉默，經她觀察，雖然楊平西百分之八十是個好人，但聽他說去小寨子，她心裡還是猶疑不定。

「妳要是不想去寨子，我們就回休息站，車裡勉強也能過一晚。」楊平西像是看出了袁雙的顧慮，又說。

車裡又小又窄，要是平時袁雙也就忍了，大不了熬個通宵，反正她也常上大夜班。但是今天她又是坐車又是走路的，手機步數都破了兩萬，現在累得渾身無力頭昏腦脹，再讓她蜷在車裡過一晚，明天人鐵定會散架。

此時此刻就算是有塊空地，袁雙都想躺下休息，便也顧不上那麼多了，嘆口氣就說：「你說的那個侗寨，遠嗎？」

楊平西揚了下唇，俐落地換檔掉頭。

他把車往回開了一段，到了山腳下的一個小路口把方向盤一打，駛了進去。

山路崎嶇迂折，彎多路險，路的另一邊沒有護欄，往外是黑漆漆不見底的山崖，路上一盞路燈都沒有，黑燈瞎火的很嚇人。

進山後先是上坡，到了半山腰上又開始下坡，袁雙夜裡沒有方向感，見走了這麼久連盞燈都沒看到，一顆心懸了起來。

她覷了楊平西一眼，夜色裡他的五官顯得更加立體剛毅，這是一張顯而易見的男人的臉，她在想自己會不會輕信他了。

他是不貪財，但興許好色呢？

袁雙攥著手機，時刻做好撥緊急求救電話的準備。

「怎麼還沒到？」

「快了。」

月黑風高四下無人，孤男寡女共坐一車，袁雙腦子裡想到了很多駭人聽聞的社會新聞，一時毛骨悚然，忍不住勸解道：「你一個大好青年，千萬別走上犯罪的道路啊。」

「什麼犯罪道路？」楊平西專心開車，隨口接了句。

袁雙乾嗤了下，說：「雖然我長得還不錯，但是你要是因為見色起意，葬送了前程，也太不划算了。」

楊平西「噗哧」一聲，他起先還裝模作樣地忍了忍，後面實在忍不住，笑出了聲。

「笑什麼？」袁雙惱了。

楊平西收了笑：「今天是意外，如果不是情況特殊，我也不會大晚上地載一個女客走山路，妳害怕，我也害怕。」

「你怕什麼？」

「妳怕什麼，我就怕什麼。」

袁雙聽楊平西這話的意思，他一個大男人反倒還防著她，怕自己對他欲行不軌了？她瞥他，冷哼：「沒想到你還挺自戀的。」

「不是妳說我是帥哥司機的嗎？」

「……」

袁雙被堵得無話可說，一番插科打諢之後她也沒那麼緊張了，看楊平西這不正經的樣子，反倒像個好人。

「看。」楊平西忽然說。

「看什麼？」

楊平西挑起下巴示意，袁雙順著他的指示往他那邊的窗外看。

路的另一旁不再是深不可見的山谷，在暗夜中，幾處昏黃的燈火像是墜落凡間的星星，兀自閃耀。

「寨子到了。」楊平西說。

雨停後，萬籟俱靜。

寨子裡沒有停車場，楊平西就把車停在了寨門口的空地上，隨後解開安全帶，示意袁雙下車。

袁雙把買來的伴手禮留在車上，提著包下了車，抬頭看了牌樓似的寨門一眼，問：「這裡能有地方住？」

「有。」楊平西如實說：「不過妳得做好心理準備，條件不會太好。」

都到這時候了，袁雙也沒更多的要求了，她抬了下手，示意楊平西帶路。

寨子進來是侗戲戲臺，今天下雨，沒人登臺唱戲，戲臺空落落的。戲臺往前是花橋，這個時間橋上還很熱鬧，兩邊的木椅上坐滿了寨民，正用侗語熱絡地聊著天。

楊平西和袁雙走上橋時，橋上的寨民不約而同地消了聲，所有人的目光都落到他們身上，幾秒後更熱烈地討論起來。

袁雙如芒在背，快走兩步跟在楊平西身邊，目光不斷在四周逡巡。

侗寨的房子都是木製的，結構是干欄式的吊腳樓，屋簷出挑，很有民族特色。深夜寨子裡燈火不足，光線昏暗，袁雙看不清房子的細節，卻還是為之驚嘆。

楊平西帶著袁雙穿過一條小巷，到了另一座花橋旁邊，進入一棟房子裡。房內廳裡一個老婦正在餵孩子吃飯，聽到聲音抬頭看到楊平西，立刻起身驚訝地問：「怎麼沒說一聲就來了？」

這個老婦挽著頭髮，穿著侗族婦女傳統的藍布衣衫，袁雙打量她一眼，又看向楊平西。

楊平西說：「出了點意外，來寨子裡借住一晚。」

老婦點點頭，目光投向袁雙，顯然將她打量了一番。

「你們吃飯了沒有啊？」

袁雙晚上只吃了兩個包子，楊平西猜測她也該餓了，便說：「還沒，麻煩您幫我們弄點吃的。」

老婦滿口應下，指了指旁邊的小餐桌讓他們先坐，之後就去廚房忙了。

楊平西找了兩個免洗的塑膠杯，倒了兩杯水，遞了一杯給袁雙。

「你在這還認識人呢？」袁雙接過水說。

楊平西坐下，回她：「之前有些客人包車自由行，我帶他們來過這裡，都是在這家住的。」

袁雙了然，這個寨子位處深山，遠世避俗，要是沒有當地人帶路，普通遊客肯定找不到這裡。

沒多久，老婦端上了飯菜，雖說是簡餐，可也有肉有菜有湯，色香味俱全。

袁雙配著道地的臘肉，吃下了一大碗米飯。

楊平西看到她一碗見底，挑了下眉，一臉興味地說：「嚇破膽了？」

袁雙也覺得自己吃得有點多了，她微微窘迫，卻仍理直氣壯地說：「我是膽嚇破了，胃又沒事。」

楊平西噙著笑，把那盤臘肉往她面前推了推：「沒事就多吃點。」

吃完飯，老婦帶他們上樓，這棟房子有三層，主人家住二樓，三樓的房間平時都空著。

房子的樓梯又陡又窄，袁雙小心翼翼地上了樓，被木板上飛起的灰塵嗆得打了個噴嚏，她跟在楊平西後面走，目光不停地在懸挑式走廊上遊弋。

看得出來三樓沒人住，住的都是蜘蛛，袁雙已經不知道在廊柱上看到幾張蜘蛛網了。

老婦把他們帶到了一個房間前，推開門，打開燈說：「你們住這間吧，床大點。」

袁雙：「……」

楊平西咳了下，解釋道：「她是包車的客人。」

老婦愣了下，隨即對著袁雙不好意思地笑了：「小楊以前都是帶好幾個人來寨子的，今天就帶了一個女生，我還以為……」

袁雙擺擺手：「沒關係的，我們看起來也算是郎才女貌，不怪您會誤會。」

她這話說得落落大方，一下子就將剛才的尷尬氣氛化解了，也讓老婦有了個臺階下。

楊平西低頭，袁雙對他眨了下眼。

「樓上的房間都是空著的，你們看看想睡哪間就睡哪間。」老婦說。

「我就睡這間吧。」袁雙說。

「我睡隔壁。」楊平西說完看向袁雙，見她沒有異議就收回了目光，重新看向老婦，說：「還得麻煩您給我們兩床被子。」

「你們等著，我這就去拿。」

老婦說完下了樓，袁雙走進房間裡，上下左右掃了眼。

房間不大，裡面只擺著一張床一張桌子就略顯逼仄，不知道是不是四壁都是銅色杉木的緣故，即使開了燈，房裡也給人一種不夠亮堂的感覺。

「郎才女貌？」楊平西倚在門邊謔笑著說。

「我這是為了救場才說的，你別想多了。」袁雙拍拍手，昂起頭說：「當然了，我說的也不全是假話，至少有一半是真的。」

「郎才？」楊平西故意說。

「是女貌。」

說話間，老婦抱著被子上來了，她進了房間就說：「我前陣子把被單拆下來洗了，現在幫你們套上去。」

袁雙見她佝僂著腰，忙攔下說：「不用了，已經很麻煩您了，剩下的我們自己來。」

老婦回頭，楊平西也說：「您去休息吧。」

老婦沒推拒，點了下頭說：「那你們有事再喊我。」

「好。」

老婦走後，袁雙把被單展開，楊平西要上前幫忙，卻見她手腳俐落，三下五除二就把被子套好了，那熟練程度看得他這個開旅店的都自嘆不如。

「在家經常套被子？」他問。

「差不多吧。」袁雙含糊地應道，她扯了扯被角，直起腰問：「這裡有新的洗漱用品嗎？」

「有，我下去拿。」

楊平西下樓跟老婦要了新的牙刷毛巾，上了樓在「大床房」沒看到袁雙，喊了她一聲，就聽到隔壁間傳來了回應。

袁雙順手把隔壁房間的床鋪好了，楊平西進屋時她正抖著被子，動作幹練。

「拿到了嗎？」袁雙把被子一摺，轉過身問。

「嗯。」楊平西把手上的東西遞過去，說：「浴室在走廊盡頭。」

袁雙拿了東西出去，走廊的燈壞了，她走了兩步，看著前方一片黑漆漆，總覺得黑暗盡頭有什麼東西躲著，便又倒了回來。

「怎麼了？」

袁雙咳了下，不自在地說：「沒燈，我看不到浴室在哪。」

楊平西見她眼神閃躲，勾了下唇，舉步往外走。

「我帶妳過去。」

袁雙跟著楊平西往前走，兩人踩著木板，跫音交錯，她心裡稍稍安定。

到了浴室，楊平西先進去，把燈打開，才走出來問：「要我在外面等妳？」

袁雙一個人是有點怕，但讓一個大男人站在門外等自己洗澡，她也不自在，就說：「不用了。」

「嗯。」楊平西離開浴室，走到走廊轉角處站定，拿出手機不知道打電話給誰，就站在那說話。

袁雙見他不遠不近地站著，心下倒沒那麼害怕了，趕緊走進浴室，關上門。

房子的浴室是改造的，空間狹小，也沒做乾濕分離，淋浴的地方旁邊就是一個馬桶。看得出來這個浴室許久沒人用過了，熱水器旁都結了蜘蛛網，洗手臺也積灰了。

袁雙以一個飯店人的眼光來看，這裡是哪哪都不合格，但形勢所迫，她也沒那麼多講究了。

今天出門前她沒料到晚上會留宿在外，所以沒帶換洗衣物，現下即使有熱水器也不便沖澡，只能囫圇擦身體了事。

洗手臺上有瓶洗面乳試用品，袁雙猜是之前住在這的遊客留下的，她也顧不上洗面乳有沒有過期，擠了一些把臉洗了。幸而今天出門急，她只抹了防晒乳，沒有化妝，不然此時卸妝也是個讓人頭疼的大問題。

洗了臉擦了身體，人總算是清爽了，袁雙把束起的頭髮放下，用手抓了抓，立刻聞到了一股汗味。

她嫌惡地皺了下眉，猶豫再三，最後還是洗了頭髮，用毛巾包好濕髮後才刷牙。

楊平西和大雷通完話後還在走廊上站著，正低頭回訊息，就聽到盡頭傳來腳步聲，他抬眼就看到袁雙包著頭髮走過來，那形象，夜裡乍一看，活脫脫像一個阿拉伯人。

「我好了。」袁雙扶著自己的腦袋，說：「先回屋了。」

楊平西頷首。

袁雙回到房間，隨手關上門，這房門還是插銷的，她費了點力氣才把門關好，轉身走到床頭邊，推開窗戶。

房子臨溪而建，窗外面就是條小溪，溪水上是一座花橋。這個時間，聊天的人還沒散，談話聲隨著清風送到房間裡。

袁雙拆下頭上的毛巾，拿手抓了抓濕髮，忽然聽到有人敲門，下一秒就聽到了楊平西的聲音。

「是我。」他說。

「什麼事啊？」袁雙披著濕髮起身，打開門。

楊平西把剛從樓下拿來的吹風機遞給她。

袁雙暗道他還挺貼心，這時候倒像是旅店老闆了。

楊平西看了房間裡敞開的窗戶一眼，提醒道：「山裡蚊子多，妳睡覺的時候最好把窗戶關上。」

「哦，好。」

「有事喊我。」

袁雙點頭。

楊平西走後，袁雙把頭髮吹了半乾，之後坐在床邊拿起手機看了搶票情況一眼，還是一張票都沒搶到，她氣悶，咬咬牙花錢升級網速。

從購票軟體上退出來，袁雙去找李珂，哭訴今天幾次倒楣的遭遇，沒多久李珂就打了視訊電話給她。

『妳現在在哪呢？』一接通李珂就湊近臉問。

「一個小侗寨。」

『和上午帶妳去大瀑布的那個男司機？』

「嗯。」

『他人怎麼樣啊？』

「挺好的。」

『長得怎麼樣？』

「……也挺好的。」

李珂馬上擠眉弄眼，笑得一臉姦淫，說：『妳這支支吾吾的樣子，看來是長得很不錯啊……有沒有考慮來一場旅途豔遇啊？』

袁雙瞪眼：「胡說什麼呢。」

『我認真的，之前體檢，醫生不是說妳內分泌有點失調嘛，我看就是太久沒沾「葷腥」了，找個男人睡一睡就好了。』

「咳咳。」隔壁傳來了幾聲不輕不重的咳嗽聲。

去。

袁雙：「……」

她第一次住木頭房子，沒想到隔音這麼差，頓時窘迫得腳趾抓地，恨不得找個地縫鑽進去。

李珂見袁雙滿臉慌張，又調侃道：『嘿，袁又又妳居然害羞了？這不像妳啊。』

「妳別說話了。」袁雙狂按音量鍵，想想又覺得不妥當，當機立斷道：「我們打字說。」

她掛斷視訊，爬上床，趴在牆上去聽隔壁的動靜，在那一陣咳嗽聲之後，她就再也沒聽到楊平西的聲音了，也不知道剛才那幾聲他是無意的還是有意的。

袁雙身子一萎，雙手捂著臉，欲哭無淚。

剛才李珂的話要是讓楊平西聽到了，那她就丟臉丟到家了。

袁雙今天累極，洗完澡後整個人鬆散了下來，很快就犯睏了。在接連打了幾個哈欠後，她結束了和李珂的線上聊天，不再和她爭論關於「旅途豔遇」的可行性，準備睡覺。

花橋上的人約莫是散了，外面再沒有交談聲傳進來。袁雙關上窗戶，要關燈時發現床頭沒有開關，她嘆口氣，認命地走到門邊。

關了燈，房間頓時被黑暗吞沒，是實打實地伸手不見五指。袁雙覺得自己像掉進了某個黑洞裡，她心裡毛毛的，又把燈打開了。

房間的燈瓦數雖然不是特別高，但怎麼說也是白熾燈，刺眼，整夜開著她肯定睡不著，可關上燈她心裡又沒安全感，晚上睡不踏實。

袁雙分外糾結，她思索了下，走到牆邊，抬手敲了敲，又貼上去聽隔壁的動靜。

「睡了？」

袁雙嘟囔了句，正要再敲一敲，自己的房門卻響了。她冷不防被嚇一跳，捂住心臟問：「誰啊？」

「我。」

是楊平西的聲音，袁雙開了門，瞪他：「你要嚇死我啊。」

「不是妳找我嗎？」楊平西說著從外面敲了敲牆壁。

袁雙順了口氣，看著他說正事：「這裡有夜燈嗎？」

「怕黑？」

袁雙沒承認，含糊應道：「我晚上習慣留盞小燈，不然睡不著。」

楊平西低頭：「一定要嗎？」

「最好是有。」

這裡不是正經的民宿，楊平西想著這裡沒有夜燈這種東西，但他沒有一口回絕袁雙的請求，只說：「我去找找。」

老婦已經睡了，楊平西不好把人喊起來，他在三樓開著的房間裡看了看，沒找到檯燈，正要下樓找時餘光瞥到了走廊另一頭的一座神龕。

袁雙坐在床邊整理自己包裡的東西，聽到人踩木板的聲音，立刻抬起頭，問：「有嗎？」

「嗯。」

楊平西走進房間，直奔床頭，把手上的燈放在床頭櫃上。

袁雙看到楊平西放在櫃子上的燈，腦門一緊，耳邊響起了一陣梵音，頓時無語凝噎。

「這就是你找到的夜燈？」

「嗯。」

楊平西把燈插上電，回頭示意袁雙把房間燈關了。

白熾燈一暗，房內唯一的光源就只有楊平西拿來的那個電子香爐，黑暗中，兩支電子蠟燭紅光四溢，中間的香爐還插著三根香，頂端幽幽發亮，要多詭異就有多詭異。

房間裡靜了三秒，楊平西咳了下說：「挺適合的，也不是特別亮，不晃眼。」

這燈是不亮，像是《齊天大聖東遊記》裡唐僧唱「only you」時的燈光，簡直陰間配色。

「你認真的？」

「……嗯。」

袁雙藉著暗沉沉的紅光看著楊平西，有些崩潰地說：「楊平西，我和你有仇嗎？你想把我直接送走？」

楊平西也覺得滑稽，忍笑道：「這燈是拜觀音的，很吉利。」

「這麼說你是想把我供起來？觀音娘娘答應了嗎？」

「我拿燈之前和她說了，娘娘普渡眾生，不會不答應的。」

「……」袁雙抬起手，顫巍巍地指著香爐上的三根電子香，心驚膽戰地說：「這燈亮著我還敢躺下閉眼嗎？」

楊平西見袁雙滿面紅光，表情異彩紛呈，嘴角忍不住上揚。他別過頭，壓下了笑意才說：「沒有別的燈了，這個是最合適的，妳將就下，就當是普通的夜燈。」

他話音剛落，電子蠟燭忽地閃了下，一時間竟像是真的燭火。

袁雙毛骨悚然，生怕這光把什麼東西招來了。

她心裡發毛，搓著自己起了雞皮疙瘩的手臂說：「還是把這燈送回去給娘娘吧，不勞煩她了。」

楊平西看她：「不怕黑了？」

「……我突然覺得可以克服一下。」

楊平西暗笑，轉身打開房間的燈，拿了電子香爐離開。

袁雙關了門，目光猶疑地在房間裡逡巡了一番，最後還是決定開著燈睡。她在包裡翻了翻，找到了一個未拆的口罩，打算用來當眼罩湊合一晚。

口罩的遮光性到底差，袁雙閉著眼睛還是能感知到屋頂白熾燈的光線，她在床上直愣愣地躺了一下，就是覺得刺眼睡不著。

就在這時，楊平西又來敲門了。

袁雙坐起身，把口罩往頭頂上一推，沒好氣地問：「又幹嘛？」

「送夜燈給妳。」

袁雙想到楊平西剛才找來的電子香爐，心裡突然緊張，不知道他這次又拿了什麼奇葩夜燈過來。

她起身去開門，眼神狐疑地盯著門外的人。

楊平西看到袁雙頭頂上戴著的口罩，眼裡閃過一抹笑意，遞一個手電筒給她，說：「在樓下找到的。」

袁雙接過，按了下手電筒的開關，見燈光顏色正常，嘟囔了句：「這還可靠點。」

「能撐過一晚嗎？」她問。

「不確定。」楊平西眉毛一挑，說：「不然我還是把那個電子香爐拿回來放妳房間裡？半夜手電筒要是沒電了，還能有個備用燈。」

「不必。」袁雙毫不猶豫地回絕：「還是讓它好好侍奉觀音娘娘吧。」

楊平西輕笑。

袁雙把手電筒拿回房間，關上燈試了試，手電筒的燈光雖然是直射的，但怎麼也比電子香爐好用。她把手電筒放在床頭櫃上，讓燈光射向門的方向，房內有了光，她心裡踏實許多，總算能安心地躺在床上。

深夜的寨子十分靜謐，只有窗外小溪潺潺流淌著的聲音，讓人心靜。袁雙以前因為工作的緣故有失眠，每天晚上都翻來覆去很難入睡，就算睡著了也不踏實，夜裡常常會驚醒。但這天晚上，興許體力真的透支了，她難得一夜好眠，一覺睡到了天亮。

清晨，窗外傳來人聲，袁雙翻了個身，迷糊了一下才睜開眼，緩緩坐起身。她拿起手機看了眼，時間尚早。床頭櫃上的手電筒徹底沒電了，幸而她昨晚睡得沉，半夜都沒醒來。

睡了一宿，她的精神養回來了，但身體就跟被碾過一樣，嘎吱作響。

袁雙往牆邊挪去，敲了敲牆面，等了一下沒得到回應，不由嘀咕了句：「還沒醒？」

她穿上鞋走出房間，往隔壁房看了眼，門開著，被子摺得整整齊齊的，人不在。

袁雙沒在房間看到楊平西，倒是聽到了他的聲音，她趴在木頭欄杆上往樓下看，楊平西正和老婦在門口說話。

似是有所感應，楊平西驀地抬頭，看到袁雙時很自然地說了句：「醒了就下來吃早餐。」

袁雙洗漱後回房間拿上包下樓，見楊平西坐在小餐桌旁朝她招了下手，便走了過去。

坐下後沒多久，老婦端上兩碗粉，楊平西拿了筷子遞給袁雙。

袁雙接過筷子吃粉，這碗牛肉粉和她以前吃過的不太一樣，粉條扁扁的，像粿條，味道不錯。

楊平西進食速度快，先袁雙一步吃完了粉，他怕她著急，便說：「妳慢慢吃，我去買包菸。」

「好。」

一碗粉下肚，楊平西還沒回來，袁雙去找老婦，想把房費和早餐費付了，卻被告知楊平西已經付過了。

這的確是他的作風，心眼大得很，也不怕她到時候賴帳不給他錢。

袁雙又等了一下，始終不見楊平西的人影，她坐等不住就自行出了門，打算到停車的地方等他。

侗寨周圍山林環繞，清晨山間霧氣未散，還有點涼意。袁雙邊走邊打量寨子裡的房子，昨晚夜色深沉，她只看了個大概，現在仔細一瞧，不得不為房子的細節所傾倒。尤其是寨子中心的鼓樓，即使遠遠看都覺得精緻。

花橋上有幾個老奶奶坐在小板凳上在擺攤，袁雙好奇，走近了才知道她們賣的是自己手工編織的髮帶。

剛才一路走來，袁雙見到的老人居多，她猜寨子裡的年輕人都出去工作了，而留在寨子裡的老人只能種種田，做做手工藝品賺點小錢。

袁雙動了惻隱之心，就挑了一條髮帶，正要拿錢包付錢時，旁邊來了幾個年輕人，三女兩男，衣著時尚，看起來就不是在地人。

袁雙想到楊平西昨天說的話，猜測這些人大概就是包車自由行的遊客。見來了人，幾個奶奶忙用不太標準的中文推銷自己的髮帶。

「多少錢一條啊？」一個女生問。

一個老奶奶比了個「六」的手勢。

「六十啊，有點貴。」

「是有點，重點是用不上。」

「算了吧。」

袁雙在一旁看到幾個老奶奶想勸說他們買一條卻又礙於語言而著急的模樣，心下不忍，便開口說：「六十不算貴。」

幾個年輕人齊齊轉過頭來。

袁雙指著一個坐在一旁低著頭專心編織髮帶的奶奶，清清嗓說：「這些髮帶都是手工編織的，織好一條需要花不少時間呢，六十是良心價了。」

「妳們看，這上面的花紋多漂亮，每一條都不一樣。」袁雙把自己手上這條遞過去給三個女生看，一邊說：「這比外面千篇一律的紋樣好看多了。」

「好看是好看，就是不太實用。」一個女生說。

「怎麼會呢，妳看——」袁雙用髮帶隨手把自己的長髮挽起來，綁了個簡單的髮髻，然後轉過腦袋給他們看。

「這髮帶日常也能用，能弄各種髮型，不同的顏色花紋還能搭配不同的衣服，絕對是獨一無二的時尚單品。而且你們出來玩肯定會拍照吧，到時候可以租一套民族服裝，搭配髮帶就是點睛之筆，肯定很好看。」

袁雙的腦袋圓，是屬於頭包臉的類型，把頭髮綁起來後露出一張小臉，整個人顯得非常妍麗，髮帶用在她身上，一點也不違和，反而相互襯托。

「是挺好看的。」一個男生看著袁雙，眼神驚豔，對同行的三個女生說：「要不然妳們就帶一條唄。」

袁雙見有戲，忙乘勝追擊：「這編織髮帶的手藝只有侗族的老人家會，過了這村就沒這店了，妳們現在不買，回頭想買可就買不到了。」

她笑笑，搬出旅行的四字箴言，說：「來都來了，六十塊買個紀念，還實用，多值得啊。」

三個女生徹底被說服，低頭挑起了髮帶款式。

楊平西買菸時遇到了做自由行的朋友，就聊了幾句，再回到老婦那，聽說袁雙一個人走了，忙追了出來。到了花橋，正好看到袁雙在巧舌勸人買髮帶，他覺得有趣，就站在一旁看著。

袁雙向人推銷髮帶時一點都不露怯，明明自己也是個外地人，介紹起侗族的手工藝品卻頭頭是道，把人糊弄得一愣一愣的。

楊平西在想她是不是真的是做推銷的，不然怎麼會這麼熟練？

三個女生各挑了一條髮帶，要付錢時卻遇到難題了，他們一行人都沒帶現金，幾個老奶奶也沒收款碼。

袁雙出門習慣在錢包裡放張一百塊的現金，現在也不夠付，她左右張望了下，在橋頭看到了不知何時站在那的楊平西，眼睛一亮。

「你身上有現金嗎？」她問。

「嗯。」楊平西走過去。

「你先幫她們付了，再讓她們轉給你。」

楊平西從口袋裡掏出皮夾，瞥了袁雙腦袋上的髮帶一眼，點了兩百四十元給老奶奶。

袁雙看著幾個年輕人，眼珠子一轉，笑著問他們：「你們之後要去藜東南嗎？」

「有這個打算，還沒決定呢。」

「來藜州不去藜東南就可惜了，那裡很好玩的。」

「是嗎？」

幾個年輕人交頭說話，商量著下一站去藜東南。

袁雙笑得更燦爛了，她拍了拍楊平西的肩，說：「這個帥哥在藜東南有家旅店，離古橋很近，去千戶寨也不遠，你們要是去那玩，可以找他。」

「絕對不虧！」

一個男生聽了袁雙的話，主動加了楊平西的通訊軟體好友，說到了藜東南就去他的旅店住。

楊平西低頭看袁雙，她對他眨了下眼，表情得意又狡黠。

幾個年輕人走後，楊平西看向袁雙，說：「妳都沒去過藜東南，怎麼知道那裡好玩？」

「我不這樣說，他們怎麼會想過去？」袁雙聳了下肩，抬眼又說：「我沒去過，你去過啊，你怎麼不慫恿他們一下，幫你的旅店拉拉客？」

「想去的人自然會去，再說……不是還有妳嗎？」

袁雙被他這一句話搞得無言以對，她噎了下說：「我又不會一直跟著你。」

楊平西笑：「不然妳跟我回藜東南？」

這話有點曖昧，但袁雙根本沒往別處想，她乜了楊平西一眼，哼了聲說：「想讓我幫你工作？」

「願意嗎？」

「你覺得呢？」袁雙的答案就寫在臉上，顯而易見。

楊平西不過是隨口說說，也不指望袁雙會答應，因此並不放在心上。他看了看天，說：「太陽出來了，走吧。」

昨晚一場山雨來勢洶洶，今晨雲銷雨霽，太陽一出把剩餘幾分料峭寒意驅散了，暑氣重新占領人間。

從寨子裡出來，袁雙隨楊平西上了車，自成習慣地坐到副駕駛座上。

楊平西上車後看了袁雙一眼，她正翻著領口對著後視鏡往脖子上抹防晒霜，倒是一點都不把他當外人。

車起步離開寨子，駛上山路。昨晚黑燈瞎火的，袁雙都沒能看清周邊環境，現在往窗外一瞧，發現這個侗寨當真是地處深山老林，從半山腰往下看，整個寨子一點現代文明的痕跡都沒有，恍然間會讓人誤以為穿越回了古代。

袁雙忙掏出手機，降下車窗，對著外面拍照，楊平西見了，不由放慢車速。

「看到前面那棵樹沒有？」楊平西忽然出聲。

袁雙隨著他的視線往前看，看到一棵蒼天古樹，不解問：「這棵樹怎麼了？」

「金絲楠木。」

「這是金絲楠木？」

「嗯。」楊平西換成一檔緩緩上坡，給袁雙看樹的時間，一邊介紹說：「寨子周圍有四十幾棵金絲楠木樹。」

袁雙的眼睛立刻放了光，拿起手機對著那棵樹「哢哢」就是兩張照片，同時欣然道：「那不是發財了？」

楊平西看她一臉財迷樣，微挑眉頭，問：「妳覺得這些樹這麼值錢，為什麼到現在還沒被砍走？」

袁雙遲疑了下，不確定地說：「金絲楠木是國家保護植物？」

「三年以上。」

袁雙聽了立刻收起「邪念」，老老實實地遠觀樹木，嘀咕了句：「還挺有『判頭』。」

楊平西揚唇一笑。

袁雙心滿意足地拍了幾張照片，收起手機，回頭問：「今天高速公路能走了吧？」

「嗯。」

「從這到藜陽市內還要多久？」

「兩個小時左右。」

袁雙看了眼時間，到藜陽大概得中午了。她嘆口氣，瞥了楊平西一眼，說：「你如果真的是『至尊寶』就好了，一個筋斗就把我送回去。」

「什麼意思？」楊平西沒聽明白。

袁雙指指自己的頸側，說：「你脖子上刺的不是七彩祥雲嗎？」

楊平西下意識摸了下脖子，了然：「嗯，是雲。」

「老闆娘是『紫霞仙子』？」

「不是。」楊平西接道：「店裡沒老闆娘。」

袁雙納罕，隨即又想到昨晚寨子裡的老婦誤會他們的關係，想來楊平西是真的單身。

「那你這是要當誰的『蓋世英雄[3]』？」她打趣道。

3 至尊寶、七彩祥雲、紫霞仙子、蓋世英雄，出自電影《齊天大聖西遊記》。

楊平西脖子上的雲紋本就不是袁雙以為的那個寓意，但她說的是玩笑話，他也就不較真，看她一眼，戲謔道：「妳？」

袁雙頓時起了一層雞皮疙瘩，乜他：「撩妹呢？」

楊平西笑：「被撩到了嗎？」

「雕蟲小技。」袁雙輕嗤一聲，說：「我什麼手段沒見過，怎麼可能被你一句話撩到？」

楊平西作勢點了點頭，一副恍然大悟的模樣，挾著笑意說：「銅牆鐵壁，難怪很久沒沾『葷腥』了。」

「你在說什——」袁雙反應過來他話裡的意思，不由心口一跳，氣勢頓時矮了半截。她就知道他昨晚都聽見了。

袁雙面色微窘，餘光見楊平西笑得燦爛，一口惡氣直衝胸口，忍不住瞪他一眼，說：「你就不能裝作沒聽見嗎？」

楊平西見袁雙一副窘樣，更樂了，反過來安慰她：「這又不是什麼見不得人的事。」

袁雙這時看他可恨，磨磨牙說：「你別誤會啊，我是眼光高，不是沒人要，追我的人可是從北京一環排到七環的。」

「嗯。」楊平西居然很贊同袁雙的話，鄭重地點了下頭，說：「算我一個，這樣追妳的人就從北京排到藜州了。」

他說完又笑了，顯然是忍不住笑。

袁雙沒想到自己在耍嘴皮子這事上居然輸給了楊平西，氣得牙癢癢。她雙手抱胸，睇著他冷哼一聲，說：「這時對著我倒是能說會道的，拉客的時候怎麼不見你多說兩句？」

楊平西仍一副老神在在的模樣，開著車不緊不慢地說：「做生意看緣分。」

「什麼也不幹，坐著等生意上門？」袁雙嘲諷他。

「也不是不行。」楊平西施然一笑，說：「妳不就是自己送上門來的生意？」

「……」袁雙哽住，半晌才氣不過地回道：「我是意外，你要是靠『守株待兔』的方法來做生意，你的旅店遲早關門。」

袁雙這話說得晦氣，但楊平西一點也不生氣，反而笑笑說：「妳不是第一個說我的旅店會關門的人。」

「那你還不積極點？」

「這不是還沒關門嗎？」

袁雙眉頭一皺，陰陽怪氣了句：「你還挺樂觀。」

楊平西「呵」地一笑：「還餓不死。」

袁雙算是看出來了，楊平西修的是道家學說，信奉的是「無為」，怕是天上掉餡餅他也不屑去接。

他不是嘴笨、腦子笨才賺不到錢的，是不愛錢才賺不到錢。這種超凡脫俗的人做生意，還沒餓死的確是可喜可賀了。

從山裡出來後，楊平西開著車沿著普通公路往前開了段路，從最近的入口進去，一路駛向藜陽。

路上袁雙和楊平西有一搭沒一搭地聊著，一晚過去，他們熟稔了許多，相處起來沒了司機和乘客的生疏，倒像是相伴出行的好友。

楊平西話雖然不多，但句句不落下風，袁雙每次都沒在他那占到便宜，最後索性把墨鏡一戴，靠在椅背上假寐，這麼瞇著瞇著倒真的睡了過去。

楊平西順利把車開回藜陽，到了袁雙入住的飯店，他停好車，見袁雙還在睡，便伸手輕輕推了她一下。

袁雙迷迷糊糊地睜開眼，緩了一下，拿下墨鏡問：「到了？」

「嗯。」楊平西見她臉上睡意未散，不自覺笑了下，說：「不是告訴過妳，別再在陌生男人的車上睡著了？」

「你不算陌生男人。」袁雙想也不想就說。

楊平西愣了下。

袁雙沒想太多，解開安全帶，抬頭看著楊平西，一臉認真地說：「楊老闆，我們來算一下帳吧。」

「嗯？」

袁雙無語：「你不會打算就這樣放我走吧？」

楊平西說：「回來的車費妳昨天付過了。」

「那昨晚的房費，今早的牛肉粉，還有……」袁雙抬手指了下頭上的髮帶：「這個呢？」

「房費和牛肉粉沒多少錢，髮帶……」楊平西往袁雙頭頂上看了眼，說：「妳幫我拉了筆生意，髮帶就當是報酬，送妳了。」

聽到楊平西說不收錢，袁雙反而不樂意了，她拿出手機說：「沒多少錢也要給，還有那幾個人去不去藜東南都不一定，我不能白拿你的，這髮帶我自己買。」

楊平西挑了下眉，他發現袁雙雖然是個小財迷，但不占人便宜。

他見她堅持，就沒再推託，拿出手機點了幾下，遞到她面前。

袁雙掃了碼才發現楊平西設置了收款金額，看到手機上顯示的數字，她愕然。

「一百？」

「嗯。」

「你沒算錯吧？」

「沒有。」楊平西挑眉一笑，說：「一分錢都不多賺妳的。」

一條髮帶都要六十，楊平西收一百別說賺了，根本是虧到家了，而且昨晚要不是為了送她回藜陽，他根本不會被困在普通公路上，也不需要在侗寨過夜。

「楊老闆，你這麼照顧我，我真的會以為你對我有意思。」

「不是說了，追妳的男人算我一個。」楊平西笑得輕佻，故意說：「回去後要是沾不上北京男人的『葷腥』，可以來藜州找我。」

袁雙氣絕，她發現楊平西這人的嘴除了不會講生意經，其他什麼鬼話都說得出來。

她乾脆地把一百塊錢轉給他，惡狠狠地道了句：「虧死你活該！」

把帳結清，袁雙背上包，提上在風景區買的伴手禮下了車。楊平西也從駕駛座上下來，隔著車身，視線越過車頂看著她。

袁雙站在車旁，問他：「你等等還去大瀑布拉客？」

「不了。」楊平西應道：「要回旅店。」

這就是要回藜東南了，袁雙頷首，咳了下，說了句客套話：「那你開車小心點。」

「嗯。」楊平西一手搭在車門上，想了下提醒道：「在火車上別吃陌生人的東西，也別隨便相信人，尤其是男人。」

他說著笑了：「畢竟妳長得不錯，很容易讓人見色起意。」

袁雙咬了下牙，心想這人真是可恨，都要走了還不忘拿她說過的話揶揄她。

「走了。」楊平西隨意地揮了下手，坐進駕駛座裡。

袁雙在原地看著楊平西開車掉頭，心裡不知道怎麼的，無端有些惆悵。

這幾年她在飯店，和各色人等打交道，時刻謹言慎行，硬生生把脾氣磨沒了，變得圓滑世故。但這兩天和楊平西相處，她倍感輕鬆自在，雖然他有時候不太正經，但人其實不錯，她在他面前沒什麼包袱，倒是做回自己。

袁雙對楊平西莫名有種一見如故的感覺，她想，要不是一南一北相距太遠，他們興許還能交個朋友。

「楊老闆。」眼看著楊平西要開車離去，袁雙沒忍住喊了他一聲。

「嗯？」楊平西剛換檔要走，聽到袁雙喊他，立刻踩下剎車，轉頭看她。

袁雙朝他走了一步，彎下腰說：「我下次來藜州，一定去藜東南，照顧你的生意。」

她頓了下，頑劣地補充了句：「如果你的旅店沒倒閉的話。」

楊平西聽她說不吉利的話反而揚唇笑了，微微頷首道：「我一定把店撐到妳來為止。」

第三站　耕雲旅店

袁雙回到飯店，第一件事就是暢快地沖了個澡，換了身乾淨的衣服。熱水沖淨她的身體，也濯去了疲憊感，她躺在床上舒適地翻了個身，躺了一下才拿起手機，琢磨回北京的事。

今天又是沒搶到票的一天，袁雙懷疑購票軟體的升級網速根本就是騙人的。她不打算再這麼無望地等下去了，考慮過後，決定搭車轉乘回去。

從藜陽到北京，中間倒是有很多個可轉乘的車站，但並不是每一個車站的車次都適合。購票軟體上提供了幾個轉乘方案，有些方案前半程要坐硬座，有些則是後半程，還有的車轉乘時間是半夜，有些則要在轉乘站等上大半天才能坐到下一趟車，甚至要輾轉去另一個車站乘車。

考慮到轉乘的時間以及方便程度，袁雙最後決定先坐一輛過夜的火車到河南，再轉乘高鐵回北京。這樣她就能在火車上睡一晚，不必半夜起來轉乘，也不用去第三個城市過夜。

打定主意，袁雙就買了張傍晚從藜陽出發的車票，之後又去前臺續了幾個小時的房間，下午她就待在飯店裡休息，等時間差不多了才收拾好行李，退了房，搭計程車去了火車站。

站在火車站外，袁雙抬頭看了藜陽站的標誌一眼，不知怎的，突然想起了楊平西。

不知道他現在是不是已經回到了藜東南，她這一走，下次再來藜州也不知道會是何年何月，因何機緣，也不知道他的旅店能不能撐到她再來的時候。

以楊平西做生意的風格，袁雙想：不敢保證。

這次來藜州是意外，認識楊平西也是機緣巧合，不管怎麼樣，他們之後應該都不會再有什麼交集了。

火車發車時間近了，袁雙不再多做他想，拖著行李箱往車站裡走。過閘門要驗身分證，她在包裡翻了翻，沒在小夾層裡摸到身分證，不由愣了下，立即把包放在行李箱上翻找。她把包翻了個底朝天都沒能找到身分證，又拿出錢包打開看了看，還是沒有。

袁雙愣住了，腦子裡飛快回想最後一次見到身分證是什麼時候。

昨天進大瀑布風景區要用身分證，刷完進去後她就把身分證放在了背包的小夾層裡，之後就沒再拿出來過。

電光火石間，袁雙記起昨晚在侗寨，自己把包裡的東西都倒出來整理，還沒收拾完楊平西就拿了電子香爐進來，後來她就把東西囫圇塞進了包裡，身分證有可能就是那個時候掉的。

想到這，袁雙趕緊把行李箱拉到一旁，打了通電話給楊平西。

鈴聲才響兩聲，電話就接通了。

楊平西很意外接到袁雙的電話，他第一反應就是她可能遇到麻煩了，所以接通電話後，一句廢話也沒有，開口就問：『怎麼了？』

「我的身分證不見了。」袁雙直接說：「可能掉在侗寨的房間裡了。」

楊平西聞言反倒鬆口氣，安撫似地說了句：『妳別急，我幫妳問問。』

「好。」

袁雙掛斷電話，等了幾分鐘，楊平西打來電話，說：『找到了，掉在床底了。』

「我猜就是。」袁雙的聲音有些懊惱。

楊平西聽她那邊傳來的廣播聲，問道：『妳在車站？』

「嗯。」

『幾點的車？』

「六點。」

現在還不到五點半，楊平西忖了下說：『還有時間，妳現在去車站外面的服務窗口辦張臨時身分證明還來得及。』

袁雙早已不是社會小白，發現身分證丟失的那刻她就想到了補辦臨時身分證明的辦法。她倒不是擔心沒身分證會影響她乘車，只是覺得從離職開始，自己走的都是霉運，一時才鬱鬱不樂。

「看來我這陣子水逆，所以才諸事不順。」袁雙不自覺嘆了口氣。

楊平西聽出了袁雙話裡的沮喪，緘默片刻，忽出聲喊道：『袁雙。』

袁雙愣了下，這是楊平西第一次喊她的名字。

「嗯？」

沉默了一秒後，楊平西問：『妳要不要來藜東南？』

袁雙怔住。

『妳看老天爺都不太想讓妳離開藜州，妳要是執意走，可能還得倒楣。』

「……」

袁雙額角一跳，心裡那股鬱悶之氣頓時沒了，取而代之的是一股騰騰的怒氣。她咬牙切齒，拔高聲調，惡狠狠道：「楊平西，你會不會說話？」

楊平西聽到她的聲音又恢復了生氣，低聲笑了，說：『來藜州不去藜東南可惜了，這裡很好玩的。』

『我在這有家旅店，離古橋很近，去千戶寨也不遠，妳要是來了，可以找我。』

他頓了下，笑道：『絕對不虧。』

袁雙聽這話覺得耳熟，幾秒後才反應過來這是她早上引誘那幾個年輕人去藜東南時說的話。楊平西這是以彼之矛攻彼之盾，用她的招數來對付她。

袁雙嗤笑一聲，陰陽怪氣地說：「楊老闆，半天不見，有長進了，都會拉客了啊。」

『妳的功勞。』楊平西半真半假道。

袁雙冷哼：「你不會是想騙我去替你打工吧？」

『妳上當嗎？』

說實話，袁雙有一瞬間心動。

楊平西像是察覺到了她的猶豫，最後說了句重量級的話：『來都來了。』

這個四字箴言就像魔咒一樣，袁雙抬頭看著車站電子螢幕上的車次資訊，腦子裡想的不是服務窗口在哪，而是退票窗口在哪。

坐上前往藜東南的火車，袁雙才後知後覺地回過味，回顧起自己剛才在火車站的心路歷程，疑惑自己怎麼會被楊平西的三言兩語蠱惑了。

思來想去，她把這事歸結為一時衝動，就和她衝動離職、衝動飛往雲南同個性質。以前工作時違心事做多了，現在走向了另一個極端——只要心裡有想做什麼事的苗頭，就會不管不顧地去實施。

所謂「物極必反」，人也是如此，壓抑久了就想胡來。

好在袁雙向來是守法公民，即使觸底反彈也不會去做違法亂紀的事，這樣一來她就想開了，坦然接受接下來的藜東南之行。

她想大不了在那待幾天，等哪天搶到了直達車的車票再走也不是不行。

藜東南是苗族侗族自治州，全州轄多個市縣，境內山清水秀，聚居著多個民族，地域特色十分濃厚。

袁雙照著楊平西的指示，從藜陽坐火車去了藜江市。火車速度快，一個半小時左右就到了目的地，她在車內廣播的提醒下拖著行李箱下車，身邊還跟著一對小情侶。

藜江是藜東南一個較大的城市，藜江站是進出藜東南的一個大站，車站雖不如省城藜陽修建得氣派，但也不寒傖，還很有民族特色。站內搭車的乘客人來人往，倒是熱鬧。

袁雙拖著行李箱，拿著臨時身分證明出了站，還轉過身等了等那對小情侶。時間不早，站外廣場燈火通明，熙來攘往的都是人，私家車司機一見乘客出站，就和見了羊群的餓狼一樣撲了過來。

袁雙很快就看到了楊平西，不是因為她眼尖，而是他太獨特了——在一眾動態的人裡，就他一個人動也不動地站在圍欄邊點菸。

袁雙想他果真是沒生意頭腦，來接她也不知道順便拉兩個客人回去。

「楊平西。」袁雙喊了聲。

楊平西轉過頭，看到袁雙後把菸熄滅了，走過去自然地接過她的行李箱，先道了句「來了」，後又說：「走吧。」

他們不過才相識一天，卻十分熟稔，打起招呼像是舊友而非新交，絲毫不見外。

「等下。」袁雙說：「還有人。」

楊平西這才注意到站在袁雙身後的兩個人，他知道她是一個人來藜州的，所以稍感疑惑。

「妳朋友？」

「算是吧。」袁雙朝那對情侶招了下手，和他們介紹了下楊平西，又說：「在火車上認識的，他們明天要去古橋風景區，你的旅店不是在風景區旁邊嗎？我就讓他們跟我一起走了。」

「你的店還能住人吧？」她問。

楊平西這下算是明白了，一個半小時的火車，袁雙也沒閒著，還幫他拉了客。

他失笑，應道：「能。」

「那就好。」袁雙當下拍了板，說：「帶他們一起走吧。」

「聽妳的。」

楊平西帶著袁雙和那對情侶去了自己停車的地方，袁雙自覺地坐上了副駕駛座，楊平西放好行李上車，遞了瓶水給她，又拿了兩瓶給後座的人。

袁雙擰開瓶蓋喝了口水，轉頭問：「從市裡到你那要多久？」

「一個小時。」

「這麼久？」

「風景區在郊外。」

袁雙沒來過藜東南，也沒做過攻略，不知道這個古橋風景區到底是什麼樣子，不過她想大概和大瀑布風景區差不多，在深山老林裡，不然也沒有山水可看。

「吃晚餐了嗎？」楊平西繫上安全帶後問袁雙。

「離開飯店的時候吃了點。」

楊平西估算了下她進食的時間，離現在應該有五個小時了，便說：「先帶妳去吃點東西。」

「不用了。」袁雙搖了下頭：「先去你那吧。」

楊平西看她：「走高速公路，等等要是餓了，路上沒有能吃飯的地方。」

「沒事。」袁雙不以為然，見楊平西還看著自己，嘖然一聲，說：「我減肥，晚上不吃宵夜。」

楊平西挑了挑眉，說：「昨天晚上我看妳吃得挺香的。」

袁雙像是被踩了尾巴，瞪了楊平西一眼：「那是奶奶辛苦做的飯，我不想浪費才勉強吃完的。」

袁雙刻意加重了「勉強」兩個字的讀音，楊平西噙著笑點頭，不再拆穿她。

他們在前面互嗆，看在外人眼裡就是打情罵俏，後座的女生遲疑了下，問：「我們會不會影響到你們啊？」

「啊？」袁雙回過頭，見他們看著自己和楊平西的眼神十分曖昧，頓時明白是被誤會了，忙解釋說：「沒影響，我們不是你們這種關係。」

「是嗎？」那女生還有些不信。

「是啊。」袁雙指指楊平西，說：「妳沒看到我們多合不來。」

女生笑了，不好意思道：「我還以為袁雙姐妳拉我們去住楊老闆的旅店，是因為妳是老闆娘呢。」

「沒有，不是，別誤會。」袁雙否認三連，遞了個眼神給楊平西：「說話啊。」

楊平西被點，「嗯」了一聲，輕飄飄地說：「她不是店裡的老闆娘。」

「是『紫霞仙子』。」

楊平西和袁雙一來一回拌了兩句嘴，他看她的確不想吃東西，便打消了帶她去餐館的念頭。時間不早，他不再耽誤，直接出發回旅店。

藜江市區擁有屬於城市的夜景，燈火輝煌五光十色，等汽車離開市區，上了高速公路，窗外的風景就變成了若隱若現的山峰。西南山多，但海拔不高，有些山遠遠看就是個小山包，道路就在這些山包之間蜿蜒而去。

路上，後座的情侶和楊平西熟絡了些，便和他打聽藜東南好玩的地方。這種問題楊平西作為旅店老闆回答過很多遍，因此駕輕就熟地給出了幾條旅遊路線，有熱門景點的，也有小眾景點的。

楊平西介紹得很詳細，袁雙在一旁聽著暗暗稱奇。她以前對藜州也就有個大概的印象，但從來沒有具體了解過，所以不知道這裡能玩的地方那麼多，能觀山水，看梯田，還能去各種寨子裡體驗少數民族風情。

「這些地方都離得遠嗎？」後座的女生問。

「遠倒是不遠，就是分散。」楊平西說：「你們要是想去玩，我可以在店裡問問有沒有一起共乘的，幾個人包一輛車會比較方便。」

「謝謝你了，楊老闆。」

楊平西笑著道了句「不客氣」，他餘光見袁雙表情思索，隨便一猜，就說：「妳要是也想玩，可以在店裡多住段時間，有空我帶妳走走。」

袁雙回神，轉頭看向楊平西，抱胸說：「你沒空我就不能去了？」

楊平西見袁雙有意和自己對著幹，想來是剛才那句「紫霞仙子」的玩笑話把她惹毛了。他哼笑了下，說：「可以，不過妳一個人不安全，畢竟妳……」

楊平西欲說還休，袁雙卻立刻明白了他要說什麼，無非還是拿她說過的話打趣，這句話在他那是過不去了。

「我謝謝你啊。」礙於有別人在場，袁雙忍了忍，一個字一個字地往外說。

楊平西笑意更盛。

就這麼說著聊著，汽車下了高速公路，之後又往深山裡開。窗外的景色不再全是崇山峻嶺，道路兩旁出現了民宅，山上偶有零星的燈火閃過，最後凝成一小片星海。

「山上有寨子。」後座的女生說了聲。

袁雙也看到了，她降下車窗，仰頭往山裡看，藉著朦朧的月色，看清了那一棟棟錯落的房子。那些房子和她在侗寨看到的很像，都是木製吊腳樓，結構相似，但細節還是不同。

沒多久，楊平西把車開進了一個小鎮裡，在山腳下的停車場停好車。

「到了。」他說：「前面就是古橋風景區。」

袁雙看到了遊客服務中心的大樓，想來這個風景區效益不錯，大樓建得還挺氣派。和大瀑布風景區一樣，古橋風景區外面也不荒涼，新樓林立，夜色裡家家戶戶燈光絢爛，道路兩旁擺了很多攤子，此時煙火繚繞，人聲鼎沸，儼然就是夜市。

袁雙下了車，聽到不知從何方傳來音樂聲，訝然道：「這裡還挺熱鬧。」

「最近遊客多。」楊平西說。他走到車尾，打開後車廂，把兩個行李箱拿下來。

那對小情侶自覺地接過自己的行李箱，女生問：「楊老闆，你的旅店在哪？」

「山上。」

「啊？」小情侶對視了一眼，不解。

楊平西指了指山上的寨子，說：「在苗寨裡。」

袁雙聽到後也很吃驚：「不在鎮上？」

「嗯。」

袁雙抬頭，從山腳往上看，那些房子更清晰了。

楊平西看向那對小情侶，說：「旅店在寨子最高的地方，車開不上去，只能走路，你們要是累了，可以就在鎮上找家飯店住。」

他抬手指了個方向，說：「沿著這條路往前走，那幾排房子都能住。」

小情侶對視一眼，看起來有點猶豫。

楊平西大概能猜出他們不好意思離開，便看了袁雙一眼，說：「我去藜江是為了接她，帶你們是順便。」

別人開旅店都是把人往自己店裡招攬，楊平西倒與眾不同，把人往別的旅店推。

袁雙回過頭，問：「你怎麼不問我累不累？」

楊平西和她對上眼，挑眉說：「妳沒得選。」

「到我這就強買強賣了？」

「不是妳說來藜東南，一定來照顧我的生意嗎？」

這話的確是袁雙說的，她也沒想耍賴，清了清嗓就說：「那我的朋友跟我住同個地方。」

楊平西才回過味來，原來她這樣問還是為了幫他拉客。

袁雙看向那對小情侶，問：「你們以前在苗寨裡住過嗎？」

「沒有。」

「山頂上視野好，空氣也新鮮，不想住一晚體驗一下嗎？」袁雙露出職業的笑容，說：「你們不是還想找人共乘嗎？住在上面，找人的事就交給楊老闆。」

那對小情侶低聲交談了下，很快就說：「我們上去。」

袁雙莞爾一笑，把目光投向楊平西，眼神裡帶點威懾的意味，好像在說——他要是再敢把她帶來的生意往外推，她就要他好看。

楊平西低笑，拿出手機說：「我打通電話。」

楊平西打了電話給大雷，讓他下來幫忙搬行李，沒多久，袁雙就看到一個微胖的男人朝他們走過來。

「哥。」大雷小跑過來，見楊平西身邊站了三個人，不由問：「不是說去接個人，怎麼帶回來了三個？」

「一起的。」楊平西沒多做解釋。

「現在要回旅店？」

「嗯。」

大雷聽了，伸手要去拿楊平西手上的行李箱，楊平西沒給，而是說：「你幫他們。」

「你這個重是吧。」大雷沒多想，轉過身去提小情侶的行李箱。

楊平西提起行李箱，看向袁雙，示意道：「走吧。」

進寨子的路就在停車場對面，路口有牛角燈，很顯眼，兩盞燈中間是個牌子，上面寫著「黎山寨」三個大字。

山路是由石子鋪就的，階梯則是青石板，袁雙本以為上山的路會很難走，但走起來才發現路的坡度很緩，而且不窄，兩三個人並排走都行。

大雷走在最前面，小情侶跟在他後面，楊平西和袁雙殿後，他們一起穿過寨子的蘆笙場，往更高的山裡去。

袁雙邊走邊打量兩旁的房子，這裡每棟房子的簷角下都掛著一盞燈，夜裡小昆蟲正圍著燈光打轉。

「你怎麼沒告訴我，你的旅店在山頭上？」袁雙看向楊平西。

「妳沒問。」楊平西回視她，又說：「我以為妳不會來。」

袁雙之前斬釘截鐵地說自己不來藜東南，現在卻和楊平西一起走在去他旅店的路上，這算是自己打了自己的臉。

她咳了下，說：「你別想多了啊，我不是為了你來的。」

怕楊平西不信，袁雙又補了句狠話：「我是怕今天不來，明天你的旅店就撐不住關門了。」

「所以妳就幫我帶了兩個客人？」

「空手來總不太好。」

楊平西笑。

山腳下的音樂聲嫋嫋傳來，聲音越來越輕，越往山上走，四周越安靜。

寨子裡悄無人聲，袁雙偶爾才能在吊腳樓前看到一兩個老人和小孩，便問：「寨子裡的人都睡了？」

「沒有。」楊平西說：「很多人在山下。」

袁雙一想就明白了：「做生意？」

「嗯。」楊平西伸手把一枝旁逸斜出的樹枝舉高，等袁雙走過了才鬆開手說：「晚上山下很熱鬧，妳要是不累，晚點我帶妳下去看看。」

袁雙乜他：「現在知道問我累不累了？」

楊平西哂笑。

說話間他們路過山間的一塊稻田，袁雙被田裡「叮咚」一聲嚇到，不自覺往楊平西身邊靠了靠。

「是魚。」楊平西說。

「田裡有魚？」

「稻田魚。」楊平西解釋：「寨子裡的人會把魚苗放進稻田裡養，等割稻子的時候再撈起來。」

袁雙以前聽說過稻魚共生系統，水稻能為魚提供蔭蔽和食物，魚能鬆土增肥，吞食害蟲，兩者互利互助。

「這樣養的魚一定很好吃。」雖然晚上看不見，袁雙還是往田裡看了看，評價了句。

楊平西看她犯饞，笑了，說：「到時候撈一條給妳嘗嘗。」

到時候？袁雙數了數日子，她雖然不務農，但也知道水稻要到秋季才收割，她怕是等不到那時候。

「到了。」最前面的大雷喊了一聲。

袁雙聞言抬頭，就看到斜坡上佇立著一座吊腳樓，比她剛才看到的所有樓房都大。吊腳樓從低處往上看，顯得奇偉無比，在蒼茫的夜色中像是一座府邸。

「楊老闆回來了。」

「又來客人了啊。」

「上來喝酒啊。」

袁雙聽到有人喊楊平西，循聲看過去，才發現二樓有人憑欄而坐。她剛才就發現了苗寨和侗寨的吊腳樓的不同之處，其一就在於樓上的構造。侗寨的房子的多為懸挑式走廊，而苗寨則是開放式的圍欄。

袁雙跟著楊平西往旅店走，進去之前她站在門口看了大門上的牌匾一眼，默念了下上面的字：耕雲。

這名字應景，旅店在這麼高的地方，可不就是「耕雲」。

袁雙細細品味了這個店名一下，這才有點相信楊平西是個文藝青年，他車上那本泰戈爾詩集不是賣弄用的，他脖子上的雲彩原來是這個寓意。

楊平西把行李提到前臺，回頭沒看到人，不由喊了聲：「袁雙。」

「來了。」

袁雙邁過門檻，剛進門就有一隻毛茸茸的大狗朝她飛撲過來，她一驚，往後退了一步。

「寶貝。」

袁雙愣了下。

「坐下！」

袁雙看到那隻阿拉斯加雪橇犬垂著耳朵不情不願地坐下，才反應過來楊平西喊的是牠。

「妳別怕，牠不咬人。」楊平西見袁雙警惕地站在門邊，開口說：「就是想和妳玩。」

袁雙不怕狗，見那隻阿拉斯加雪橇犬不再撲過來後，就走到楊平西身邊，低頭看著牠，問：「牠怎麼不找別人玩？」

「寶貝喜歡漂亮的單身小姐姐。」說話的是大雷，他剛幫那對小情侶辦好入住，轉過頭就和袁雙搭話，說：「小姐姐，身分證出示一下。」

楊平西知道袁雙的身分證弄丟了，便開了口，說：「她不用身分證，直接幫她安排一間房間。」

大雷的目光在楊平西和袁雙之間轉了圈。

他也不是沒眼力見的人，自家老闆今天下午才回到旅店，傍晚又急匆匆地開車去了市裡，說要接個人，看他和身邊的美女這麼親密，想來接的一定是她，現在他又打破規矩給這位「特權」，很難不讓人多想。

大雷自以為察覺到了「姦情」，眼珠子一轉，抬手指著前臺正對著的那間房，問：「安排小姐姐住這間房，行嗎？」

袁雙順著大雷的手回頭看，穿過大廳，是有間房。

「那間是什麼房，標準雙床房？」袁雙習慣性地問了句。

大雷嘿嘿一笑，看了楊平西一眼，回道：「老闆房。」

大雷這話要是換別的女生聽了，肯定會惱羞成怒，但袁雙仍神色淡定，眼神裡反倒多了幾分謔意。

她抬眼看向大雷，竟然還笑了，問：「是不是每一個單身來住店的女生，你都安排到楊老闆的房間裡？」

袁雙轉過頭，又上下打量了下楊平西，意味深長地說：「看不出來啊，你還賣色，吃得消嗎？」

楊平西見袁雙不生氣，還能開玩笑，鬆一口氣，說話語氣也肆意了些：「『耕雲』做的是正經生意。」

「當然，如果是妳，做一次不正經的生意也可以，畢竟我答應過妳——」

「行了行了。」袁雙知道楊平西接下來又要提「沾葷腥」的事了，她未卜先知，果斷截住他的話，忿忿地瞟他一眼，咬牙切齒地說：「還做不正經生意，營業執照不要了？」

大雷看著自家老闆和那位美女你一句我一句地打著啞謎，一時一頭霧水的，看不出他們到底是什麼關係。

「哥，這位美女到底怎麼安排啊？」大雷問。

楊平西回過頭，說：「讓她住樓上。」

「行。」大雷在電腦上點了兩下，問：「二〇一？」

二〇一是個大床房，楊平西點了下頭。

「住幾個晚上？」

「隨她。」

這意思就是袁雙想住多久就住多久，大雷算是明白楊平西是什麼想法了，也不多嘴問房費的事。他低頭從抽屜裡拿出鑰匙，很有眼色地遞給楊平西，說：「房間都是收拾好的，哥，你帶人上去？」

楊平西接過鑰匙，提起行李箱示意袁雙跟他走。

「你們店，辦入住不需要付錢？」袁雙問。

大雷看了楊平西一眼，回道：「妳是楊哥的朋友，就不收錢了，這是店裡的規矩。」

袁雙嘖然，卻一點也不覺得意外，這種賠本規矩也就只有楊平西定得出來。

「我算你朋友？」袁雙回頭問楊平西。

楊平西沒怎麼猶豫，點了下頭，說：「妳都因為我來藜東南了，還幫旅店介紹了生意，妳這個朋友，我認。」

「誰因為你——」袁雙餘光瞥到在看好戲的大雷，清清嗓緩了口氣才接著說：「我是聽老天爺的勸，不是因為你來的。」

「交朋友可以，但免費不行。」袁雙很有原則地說：「你有你的規矩，我也有我的規矩，我的規矩就是從來不占朋友便宜。」

楊平西聞言眉間一動，覺得袁雙此刻頗有俠女風範。

他失笑，也不和她辯論，隨意地點了下頭，說：「先住下來，等妳要走了再結帳。」

袁雙真是第一次遇到楊平西這樣賺錢不積極的人，簡直思想有問題。後面還有人要辦入住，袁雙不再在前臺杵著了，反正老闆都不怕她逃單，她急什麼？

「走吧。」袁雙下巴一抬，示意楊平西帶路。

楊平西拎著行李箱，帶著袁雙穿過一個小門，來到了後堂。袁雙藉著走廊的燈掃了眼，後堂有四個房間。

上了樓，袁雙發現樓上的布局和樓下完全不同，沒有了開放式的大廳，樓梯上去就是走廊，走廊兩邊是房間。

她數了下，右手邊四間房，左手邊三間房，三樓一共有七間房。

楊平西領著袁雙到了走廊盡頭，拿鑰匙開了左邊的房門。

袁雙這才注意到這裡的房間用的還是老式的門鎖，用鎖頭鎖的門，當真十分復古。

推開門，楊平西打開燈，側身示意袁雙進去看看，隨後才幫她把行李箱提進去，放在門邊。

袁雙走進房間，意外發現裡面很大，頂燈也足夠亮堂。這棟吊腳樓應該是經過改造的，房間裡有獨立的浴室，她隨手一模，指尖並未沾上灰塵。

楊平西看到袁雙的小動作，想到了昨晚在侗寨，她也有過這樣的舉動，便合理地推測出她可能有點潔癖。

「房間每天都有人打掃，床單被褥也是新的。」他說。

房間正中央的位置上擺著一張一百八十公分的大床，床邊擺著一個落地扇，房裡沒安裝空調，想來藜東南氣溫不高，也用不上。室內靠門處擺著木製沙發椅和一張方桌，桌上還擺著幾瓶礦泉水，房內靠窗處有兩張木製的高腳椅和一張小圓桌，一看就是給人觀景用的。

袁雙把身上的包放在床尾，走到窗邊，拉開雙層窗簾，推開木棱窗往外看。

窗外俯視是一小片的燈海，仰頭就是一輪皎皎明月，天上星雲和人間煙火相得益彰。星臨萬戶動，月傍九霄多。

袁雙不自覺點頭，臉上露出滿意的神色，由衷地說：「你這旅店的位置不錯。」

楊平西剛才看袁雙四處打量，還以為她對房間不太滿意，現在聽她褒獎，莫名心口一鬆。

「夏天山裡蚊子多，這裡有電蚊香，妳晚上可以用。」楊平西指了指床頭櫃，又說：「上面的礦泉水能喝，房間裡沒放熱水壺，放了應該也沒人敢用，妳如果想喝熱水，樓下有。」

「噢。」楊平西想到什麼要緊的，接著說道：「Wi-Fi 密碼是八個八。」

袁雙神色一動，總算在楊平西身上看到了點世俗商人的影子。她轉過身背靠著窗沿，看著楊平西謔道：「沒想到楊老闆也這麼迷信。」

「討個彩頭。」楊平西不無所謂地說。

他轉過身把門上的鑰匙和鎖頭一起摘下，放在桌上，叮囑道：「妳出門記得把鑰匙帶上。」

「我要是弄丟了怎麼辦？」

「我那有備用鑰匙。」

袁雙想也是，一般飯店都有萬能房卡，他這裡不用磁卡，自然要備一份鑰匙。

楊平西一時想不到還有什麼要交代的，便說：「有事就下樓找我。」

袁雙也想換套衣服，就點了下頭。

楊平西轉身出門，臨走前又想起了什麼，回過頭說：「對了，木頭房子的隔音不是很好，妳晚上要是和朋友聊天，記得小聲點。」

袁雙額角一跳，又想起了昨晚的糗事。她覺得楊平西就是故意給她找不痛快，看她吃癟他就高興。

「不用你提醒我也知道，趕緊走！」

袁雙大踏步往門的方向走，毫不猶豫地關上門，低頭一看，哇，三個插銷。

她氣笑了，心想楊平西這是靠插銷數量來給住客安全感的嗎？裝這麼多他不嫌累，她一個個插好都累得慌。

關上門後，袁雙再次細細地打量了下房間，從木頭的顏色上看，這棟吊腳樓應該有些年頭了，但意外地不給人一種陳舊灰敗的感覺。她走進盥洗室裡看了看，發現裡面的牆壁，包括地板和天花板都用了隔水材料，將室內與木牆完全隔開。

袁雙以一個飯店人的眼光來看，楊平西的旅店自然比不上市裡的星級飯店，畢竟設備的差距擺在那，但作為一家特色旅店，這裡其實還是不錯的，至少比她原先設想的要好。

她換了套衣服，重新打開一個個插銷，出門後左右看了看，這才發現她住的房間旁邊有個小門，門外是個不大不小的陽臺，陽臺一側連接著室外樓梯。

袁雙在陽臺上站了一下，聽到了潺潺的水流聲，夜裡她看不清山裡的情況，但憑藉耳朵，可以確定，吊腳樓的另一側有條溪澗。

有山有水，楊平西的旅店可謂占盡了天時地利。

袁雙拾級而下，到了二樓走廊後發現還能往下，她猶豫片刻，接著往下走，不過才走了幾階臺階就到了底下。

樓梯連通的房間裡放著一臺洗衣機，旁邊的洗手臺上還放著搓衣板、洗衣精和幾個臉盆，這顯然是個洗衣間。

洗衣間左右兩邊各有道門，一道門鎖著，另一道只用布簾格擋開，此時開著門的那個房間裡傳來了「轟轟」的抽油煙機聲，那裡應該是廚房。

袁雙抬起頭看了下，發覺底下這層的挑高只有二、三樓的一半，她抬起手就能碰到頭上的木板。往前走幾步她又看到了一個樓梯，樓梯上也用布簾擋著，簾子後面有人在說說笑笑，這個樓梯是通往大廳的。

吊腳樓是半干欄式建築，袁雙以前在書上看過，一般老式吊腳樓的底層是用於蓄養家禽或放置雜物用的，楊平西顯然沒有這個需求，就將底層改造，將四壁圍起，隔出了廚房和洗衣間。

那大廳底下的空間又是做什麼用的？

袁雙正打算走樓梯去大廳，從另一側樓梯下到底層一探究竟，剛抬腳，廚房的簾子就被撩開了。

楊平西的手上端著個盤子，一手撩著簾布，看到袁雙時有些意外。

「聞到味道下來的？」楊平西走出廚房，說：「下來了正好，去大廳坐著吃吧。」

袁雙沒想到廚房裡的人是楊平西，驚訝之餘指著他手裡的一盤炒麵，問：「給我的？」

「嗯。」

「我不是說我不吃宵夜？」

楊平西挑眉：「真的不吃？」

袁雙今天一天在飯店沒吃什麼正餐，傍晚也只啃了個麵包，現在確實有點餓了。她在打臉和打腫臉充胖子之間搖擺，最後看了楊平西一眼，理不直氣也壯地說：「算了，你做都做了，別浪費。」

楊平西算定一笑，也不拿她說不吃宵夜的事調侃，怕一不小心讓她下不來臺，她就真的不吃了。

袁雙跟著楊平西上樓去了大廳，廳裡擺著幾張桌子，此時有些住客正聚在一起喝酒聊天，他們看到楊平西，立刻開起了玩笑。

「楊老闆，只幫美女炒麵呢，我們沒有？」

「就是，偏心啊。」

「我們也餓了。」

楊平西找了張空桌把盤子放下，回過頭說：「鍋裡還有一點，你們要吃，去搶吧。」

話音剛落，兩個年輕點的小夥子就「欸」的一聲從位子上起身，飛快地往廚房奔去。

袁雙拿起筷子，捲起一筷子炒麵嘗了下，真香。

她沒想到楊平西的廚藝居然還不錯，至少比她好太多了。

袁雙吃著麵，目光環顧一圈，廳裡燈光幽幽沉沉，三三兩兩的人坐在一起喝酒聊天。大廳的天花板上安裝了個投影機，此時布幕上正投映著《神鬼奇航》的電影，幾個女生坐在圍欄靠背椅上或看電影，或玩手機，旁邊有人在逗狗，角落裡的手足球也有人在玩。

這家旅店在楊平西的經營下，好像也不是那麼淒涼，入住率甚至還挺高？

旅店的客人不少，這點倒是出乎袁雙的意料。她覺得自己之前可能看走眼了，楊平西說不定是個商業奇才。

「楊老闆，炒麵沒有，酒總能調一杯吧？」有人喊道。
「喝什麼？」楊平西問。
「來杯琴費士吧。」
「等著。」
袁雙抬頭，納罕問：「你還會調酒？」
楊平西沒否認，反問她：「來一杯？」
袁雙是真好奇楊平西調酒的功夫，便從善如流地點了下頭，她也不說要喝什麼，只讓他看著辦。
旅店前臺和吧檯是連在一起的，袁雙坐在位子上，看著楊平西熟練地晃動著雪克杯，一時出神。
沒多久，楊平西端來一杯酒放在袁雙面前，自己則倒了杯啤酒坐在她對面。
「莫希托？」袁雙雖說不常去酒吧，但以前在北京，工作壓力大了也會去放鬆一下，因此很輕易就認出了楊平西幫她調的酒。
「嗯。」
「我以為你會調一杯烈的給我。」袁雙說：「比如長島冰茶。」
楊平西抬眼，笑道：「我怕妳又以為我不懷好意，要走上『犯罪道路』。」
「你怎麼還記著這件事？我那是單身女生出門在外正常的警惕心。」

楊平西頷首：「嗯，一個人出門在外是要多個心眼。」

「不過我現在知道你人不壞。」

「這麼快就下結論，不再多觀察一陣？」

袁雙支著下巴，看著楊平西說：「我看人很準的，你這個人，頂多嘴壞了點，心眼倒是不錯。」

楊平西聽袁雙損一句褒一句，搖頭失笑，舉起酒杯朝她示意了下。

袁雙見了，毫不猶豫地舉起那杯莫希托，直視著楊平西的眼睛，豪氣道：「楊平西，你這個朋友，我也認。」

楊平西看袁雙一副義薄雲天，像要和他拜把子的模樣，不由失笑。他抬起酒杯和她輕碰了下，揚了揚唇，挾著笑說：「袁雙，歡迎來到『耕雲』。」

第四站　古橋景點

夜靜深山空。

月朏星墜時分，寨子裡萬籟俱靜，只有不知名的鳥兒時不時鳴叫一聲，反襯得山林更加幽靜。

袁雙上樓回到房間，洗了澡換了睡衣後就坐在窗戶邊欣賞寨子的夜景。辭了工作，不需要再二十四小時繃緊神經，時刻準備接電話處理突發事件，這難得的閒暇讓她久違地感到輕鬆。

她拿出手機拍下今晚的月亮，正要發到個人頁面裝一下文藝，還沒想好措辭，房門就被敲響了。

「是我。」楊平西的聲音從門外傳來。

袁雙放下手機，起身拿了件外套披上，才走過去開門。

「怎麼了楊老闆，我沒叫夜床服務啊。」

「我這沒有夜床服務，只有夜燈服務。」楊平西沒讓袁雙的玩笑話落地，遞過手上的夜燈，說：「剛才忘了把這個給妳了。」

袁雙沒想到楊平西還挺貼心的，還記得她睡覺要點盞燈。她接過夜燈，想到昨晚鬧的笑話，忍不住說：「今天倒是沒送電子香爐給我。」

楊平西哂笑：「我這沒有觀音娘娘，但是廚房裡供著灶神，妳要是想要電子香爐，我可以幫妳向他老人家借一晚。」

「別，還是留給灶神吧，免得他晚上吃供品沒燈。」袁雙舉起夜燈示意了下，爽快地道了聲：「謝了啊。」

楊平西微微頷首，想到什麼又說：「我住樓下，晚上有什麼事就找我。」

「怎麼找，打電話？」

楊平西低下頭，輕輕跺了兩下地板：「像這樣。」

二〇一下面就是楊平西的房間。

「你是土地公嗎？」袁雙被他示範的特殊聯絡方式逗笑了，輕嗤一聲說：「深更半夜的，我還能有什麼事找你？」

楊平西不說話，看著袁雙的眼神倒是意味深長了起來。

他一個眼神，袁雙就知道他什麼意思，一時是氣也氣不過，笑也笑不出，便抬手把門關上，邊插插銷邊放狠話：「小心我晚上跺你一臉灰。」

門外傳來一聲輕笑，很快響起一陣腳步聲，楊平西下了樓。

袁雙盯著房門，過了一下不知怎麼的，兀自笑了，嘀咕一句：「不正經。」

時間不早，整個寨子的人似乎都睡下了，旅店也靜悄悄的。

袁雙把窗戶關了，又把小夜燈插上，關了房間燈躺在床上。藜州是避暑勝地，深山裡更是涼爽，到了夜晚，氣溫降低，房間內不需要空調都十分舒適。她聽著隱約的蟲鳴，看著床頭上的夜燈，忽然覺得在這待一陣其實也不錯。

袁雙做飯店的，經常出差，所以不怎麼認床，加上晚上喝了酒，她沒像之前在北京時那樣失眠，沾了床後很快就睡著了，還做了夢。

夢裡袁雙在房間裡跺了跺腳，楊平西就和土地公一樣從地板裡鑽出來。他問她有什麼事，她嚥了嚥口水說自己餓了，他反問剛不是吃了炒麵，她說不是肚子餓，是身體餓。

楊平西聽了後就用睡前那般意味深長的眼神看著她，問她是不是想沾葷腥了，她盯著他點了下頭。他聽了後立刻朝她逼近，一邊走一邊脫衣服，嘴裡還說著，算了，就和妳做一筆「不正經生意」吧，誰讓我答應妳了。

接下來的夢境就十分旖旎，不可描述了。

袁雙是被一聲嘹亮的雞鳴聲驚醒的，她猝然睜開眼，表情還很茫然。明明藜東南空氣濕度大，這覺卻睡得她口乾舌燥的。她舔了舔乾巴巴的唇瓣，緩了片刻才清醒過來，意識到自己昨晚做了個春夢，對象竟然還是楊平西！

「見鬼了。」袁雙坐起身，拿起桌上的瓶裝水，擰開瓶蓋一口氣喝下大半瓶，才解了渴。

佛洛伊德說夢是欲望的滿足，袁雙簡直不敢回想昨晚的夢境，她呆坐在床上，心想真被李珂說中了，她內分泌失調，真的需要個男人了。

但是，怎麼會是楊平西呢？他們才認識多久，她怎麼就夢見他了呢？

袁雙一陣懊惱，重新摔回床上，扯起被子把自己埋了。

木頭房子不隔音，走廊樓梯只要有人走動就會有聲音。袁雙在床上躺了一下，聽到外面不時傳來的腳步聲，也沒了睡意，掀被起床。她走到窗邊推開窗，呼吸了一下山裡新鮮的空氣，醒了醒腦。

「耕雲」位置高，袁雙低頭就能看到寨子裡的情形。

清晨山裡霧氣還未消散，朦朦朧朧的像是輕紗。這個時間，寨民已經開始忙活了，山裡的小路上時不時能看到他們進出寨子的身影，有些人挑著扁擔去山下，有些人扛著鋤頭進山裡。

昨晚袁雙就覺得黎山寨的夜景很美，沒承想白天的風光不遑多讓，遠離城市的喧嘩，這裡的一切都有種滌蕩心靈的功效。

袁雙在窗邊站了一下，聽到二樓大廳有人在說話，她想了下，轉身去盥洗室洗漱。刷了牙洗了臉，她還花心思化了個妝，前兩天在藜州她一直處於備降的狀態，心裡只想著回京，也就沒心情打扮自己。現在來藜東南是她自願的，既然出來玩，當然要美美的。

化好全妝，袁雙換下睡衣出門，她從自己房間這側的樓梯下去，到了大廳，只見兩三個住客正坐著吃早餐。她環視一周，沒看到楊平西，不由朝他的房間看去。

「姐，妳找楊哥嗎？」大雷從洗衣間的樓梯上來。

袁雙昨晚問了，大雷也不過二十出頭的年紀，喊自己一聲姐，她還是擔得起的。

「他還沒起床？」

「早就起來了。」大雷說：「一早送客人去千戶寨了。」

現在還不到八點，袁雙驚訝：「出門了？」

「嗯。」

「他當老闆還當司機？」

大雷點點頭，說：「這裡離千戶寨不太遠，也就半小時的車程，很多客人逛完古橋都會去大寨子裡看看。早上這個時間到千戶寨的巴士還沒發車，楊哥見幾個客人想去，就開車送他們過去了。」

「又是免費？」

「噢。」大雷又點點頭：「楊哥說就走一趟，費不了多少油。」

這倒是楊平西的作風，袁雙低聲嘀咕了句：「這個冤大頭。」

袁雙和大雷說話時，樓梯下走上一個人，穿著黑布衣服，頭上纏著髮包，髮包前還插著一朵花，顯然是個苗族婦人。她上來就問大雷：「還要不要下麵？」

「萬嬸，再下一碗吧。」大雷回道。

萬嬸應了好後又轉身下樓，去了廚房。

「她是？」袁雙忍不住問。

「店裡打掃衛生做飯的阿姨。」大雷回答完又說：「姐，妳先吃早餐，哥應該很快就回來了，早上出門前他讓我等妳起床了和妳說一聲，等他回來再帶妳去古橋風景區裡逛逛。」

「他不回來我還不能自己去了？」

「哥說了，妳沒身分證進不去。」

「……」

沒有身分證，袁雙吃完飯只能老老實實地待在旅店裡，清早店裡沒什麼人，她坐不住就起身轉了轉。昨晚有人看電影，投影機電動布幕遮住了背後的牆，現在布幕收起，她才發現那邊擺著一個書架。

袁雙踱步走到書架前，目光一掠。架上的書和她想得差不多，都是些文藝青年愛看的書，詩歌、散文還有遊記占了大部分，角落裡還放著在地特色的明信片。

「姐，妳看書呢？」大雷從前臺走過來。

袁雙頷首，問：「這些書都是楊老闆挑的？」

「有些是，有些是來店裡住的客人擺上去的。」大雷走近後，壓低聲神祕兮兮地說：「書架上還有楊哥寫的詩呢。」

袁雙吃驚：「他還出書了？」

「不是出版社出的，是哥的一個朋友，覺得他寫的詩有意思，就自費幫他做了幾本詩集。」

「是哪一本？」袁雙聞言饒有興趣地抬頭，仔細地看起那些書。

「喏。」大雷用手指了下，頗為得意忘形地說：「我早上剛擺上去的。」

袁雙一看，呵，正中央。

她取下詩集，先掃了封面一眼，一眼就看到了作者名——逍遙詩人。

袁雙被這個名字逗笑了，她拿著詩集走到圍欄的靠背椅那坐著，興致勃勃地翻開扉頁，打算拜讀下楊平西的大作。她想他出門載客都會在車上放一本泰戈爾，那文學水準應該不會太差，說不定真是民間隱藏著的現代詩人。

這麼想著，她往後翻了翻書頁，看起詩。

第一首詩——〈月亮〉。

天上的月亮，

圓的時候是一塊月餅，

缺的時候是一塊燒餅。

這是因為，

我愛吃燒餅，不愛吃月餅。

袁雙：「……」

楊平西是天狗嗎？月亮是被他吃了的？

第二首詩──〈星星〉。

夜晚，我抬起頭，
想寫一首關於星星的詩，
誇一誇它身處黑暗，
卻仍盡力閃耀著微弱的光芒。
可是，
今晚多雲。

袁雙：「……」

這確定是詩歌不是笑話？

袁雙開始懷疑起這本詩集的文學含量，她不再一篇篇地往下翻，而是隨手翻到中間一頁，打算看看後面的詩會不會像詩一些。

第三首詩──〈寶貝〉。

耕雲的寶貝是一隻阿拉斯加，
前天牠咬了女生的裙擺，
昨天牠舔了女生的手，
今天牠趴在了女生的腿上，
趕都趕不走，

真狗。

袁雙：「……」

這都是些什麼狗屁不通的詩，袁雙看笑了，她現在可以肯定，楊平西這輩子的才華都用在幫旅店取名字上了。

什麼逍遙詩人，廢話詩人還差不多！

楊平西回到旅店，進門就看到袁雙倚在「美人靠」上，手裡捧著一本書在讀。她今天化了妝，穿了件紅色長裙，晨風時不時拂動著她披肩的長髮，一縷朝暉落在她頰側，襯得她明豔動人。

藜東南有句話說：美人靠上坐美人，不美也有七分俏。袁雙坐在美人靠上，卻是有十二分俏。

楊平西還是第一次看到袁雙嫻靜自然的模樣，不由晃了下神。他舉步朝她走去，想看看她到底在看什麼書，這麼開心。

他走近，還沒出聲，袁雙就先行抬起了頭。

看到楊平西，袁雙嘴角的笑意更加燦爛，簡直比擬初升的太陽。

楊平西心神一蕩，下一秒就聽到她謔笑著說：「回來了啊，逍遙詩人。」

楊平西：「……」

原來看的是他的詩集。

楊平西剛開旅店那時，一群好友從五湖四海來藜東南幫他捧場，「耕雲」剛開業時沒什麼生意，他們就獻策似的幫他想辦法。有個在新疆開旅店的朋友告訴他，得文藝，不僅店要布置得文藝，人也得文藝，要常常四十五度角仰望天空。

楊平西雖然不是特別粗糙的人，但也不是心思敏感的人，學不來文藝青年的姿態，那朋友就幫他想了個辦法，讓他讀詩寫詩。好友說「讀詩使人靈秀」，等詩寫多了，他身上自然而然就會由內而外地散發出一股淡淡的憂傷，這就是文藝了。

楊平西當時信了，現在再看，是信了邪了。

「楊老闆，你這筆名挺中二啊。」袁雙笑得不能自抑，單薄的雙肩瑟瑟顫動。

楊平西記得自己之前把書架上的詩集收起來了，袁雙不可能翻得出來，他一想就知道是大雷幹的好事。

「隨便取的。」詩的確是楊平西寫的，他也沒什麼不好承認的。

袁雙闔上書，問楊平西：「你現在還寫詩嗎？」

「不寫了。」

「為什麼？」

楊平西半開玩笑說：「江郎才盡了。」

袁雙捧腹大笑：「你這水準還有才盡的下限？」

楊平西看她笑得歡樂，忍不住搖了下頭，繃不住也笑了。

「吃早餐了嗎？」楊平西問。

「吃了。」

「那走吧，帶妳去風景區裡轉轉。」

「我的身分證呢？」

「我託人幫妳帶過來。」

袁雙問：「沒身分證我能進風景區？」

「可以。」楊平西說：「妳跟著我就行。」

袁雙點頭，起身說：「你等著，我上樓拿包。」

「嗯。」

袁雙上了樓，剛從口袋裡掏出鑰匙要開鎖，就聽到這一側另一頭的房間裡傳來「砰」的一聲，像有什麼重大物體掉落在地，整棟樓都晃了下。

袁雙被嚇了一跳，回過神立刻走過去，趴在門上聽了下，房間裡有人在呻吟。

她眉心一緊，立刻走到樓梯旁往底下喊：「楊平西，楊平西！」

楊平西早在聽到動靜時就上樓了，袁雙喊他時他就和閃現一樣出現在了走廊上。

「裡面的人好像出事了。」袁雙語氣短促道。

楊平西神色嚴峻，敲了敲門，喊道：「李先生？」

裡面的人沒有回應。

袁雙說：「會不會暈過去了？」

楊平西沉下眼，沒怎麼猶豫，就側過身用力往門上撞。他傾盡全力撞了幾次，總算是把門撞開了。

袁雙探身往房裡看，就看到李先生癱倒在地，口吐白沫，渾身正在不停地痙攣抽搐，人看起來已經不清醒了。

「是癲癇。」袁雙當機立斷，立刻進了屋，蹲下身觀察李先生的情況。

她把李先生的兩隻手一上一下地搭在他胸前，又屈起他的腿，同時和楊平西說：「讓他側臥。」

楊平西沒質疑袁雙的話，立刻蹲下，從背後推了李先生一把，讓他側躺著。

樓上的動靜吸引了很多住客上來圍觀，有客人見到房間裡的情況，嚇了一跳說：「『羊癲瘋』？」

外面很多人吸了口冷氣，又有人說：「聽說『羊癲瘋』發作時掐人中有用。」

「姐，要不要試試？」大雷問。

「不行。」袁雙斬釘截鐵地拒絕了這個辦法，她把李先生襯衫的釦子解開，轉過頭對著門外的人喊道：「都散開，讓房間裡的空氣流通。」

楊平西給大雷使了個眼神，大雷立刻轉身把圍觀的人勸退，又回過頭問：「是不是要叫救護車來？」

楊平西剛要點頭，就聽袁雙說：「暫時不用。」

他轉過頭，袁雙抬眼很冷靜地說：「先觀察下。」

她抬頭看了房間裡的掛鐘一眼，問楊平西：「帶手機了嗎？」

「嗯。」

「你幫他錄個影片。」

楊平西不解，但沒有質疑她的話，而是照做。

癲癇發作有自限性，一般幾分鐘就會自行終止，但要是超過了五分鐘，那就是大發作，必須要人為干預了。

袁雙抽了幾張紙幫李先生把嘴邊的白沫擦了，她掐著時間觀察著，心裡緊張。約莫過了兩分鐘，李先生不再抽搐，人漸漸地平靜下來，她這才長鬆一口氣。

「是癲癇小發作，現在沒事了。」袁雙抬頭對楊平西說。

楊平西低頭看著袁雙，眼眸深深。

沒多久，躺在地上的李先生恢復了意識，慢慢睜開眼。他見自己躺在地上，房間裡還有別人，開口就問：「我是不是發作了？」

袁雙點了下頭，又問了名字、年齡和職業，李先生都一一回答了，她才確定他是真的清醒了。

李先生坐起來，楊平西伸手把人扶到床上休息，沒過多久，一個女人走進了房間裡，是李先生的太太。

她進門就急忙走到床邊，問李先生：「你沒事吧？」

李先生疲憊地搖了搖頭。

李太太和李先生說了兩句話，才轉過身看向楊平西和袁雙，歉然道：「我早上出門去寨子裡逛了下，沒想到我老公會發作，給你們添麻煩了。」

袁雙給了李太太安撫的笑，輕聲道：「您先生這次發病時間大概是三分多鐘，我們拍了影片，您到時候可以拿給醫生做診斷用。」

李太太又道了謝，看著袁雙說：「妳很專業啊，一般人遇到我先生發作，早就被嚇住了，妳居然還知道要怎麼急救。」

袁雙淡然一笑，只說：「以前工作需要，學過。」

之後袁雙又把李先生發病的情況和李太太說了一遍，楊平西也說再有什麼事可以找他，李太太聽了後又是千謝萬謝。

人沒事了，楊平西和袁雙就走了，出門前袁雙特地看了門上的插銷一眼，眼神若有所思。

走出房間，袁雙喊住楊平西：「我有事和你說。」

楊平西點了下頭，回道：「正好，我也有事找妳。」

他們一起下了樓，到了大廳，袁雙找了張空桌坐下，楊平西倒了杯水給她，然後坐在對面。

「妳先說。」楊平西抬眼示意。

袁雙喝了口水潤了潤嗓，放下杯子看著他說：「你得把旅店的門鎖都換了。」

她正色道：「今天還好李先生只插了一個插銷，如果他都插上，你是撞不開門的，就算是只有一個插銷，你也不能保證每次都能及時撞開，以後要是再遇到客人有突發情況，你進不去，會出事的。」

這棟房子當初改造的時候，楊平西就和設計師好友商量過要把房間門鎖換掉的事，但好友覺得老式門鎖鈿有特色，留下一些「過時」的老物件反而能讓住客有入住吊腳樓的體驗感。

楊平西當時就沒有堅持換鎖，只是讓人在門後多裝了兩個插銷，覺得這樣住的人也能更有安全感。旅店之前沒出過今天這樣緊急的情況，楊平西也就忽視了插銷的風險，現在袁雙一提，他覺得有必要把店裡的門鎖全換了。

楊平西看著袁雙，眼神又深沉了一分，他問：「妳以前是做什麼的？」

袁雙：「幹嘛突然問我這個？」

「醫生？」

「我像嗎？」

楊平西輕點了下頭，說：「妳剛才很專業，也很冷靜。」

袁雙笑了：「就這樣你就猜我是醫生？」

「我不確定，所以問妳。」

袁雙見他問得誠心，也就不賣關子，坦誠道：「我們算是同行。」

楊平西訝然：「妳也開旅店？」

「沒有，不過也差不多。」袁雙說：「我之前在飯店工作的，急救是入職培訓必修的課程。」

楊平西豁然，又抓住關鍵字問：「之前？」

「嗯。」袁雙聳了下肩，訕訕地說：「前不久辭了，這次出門就是辭職旅行來的。」

楊平西聞言像是如釋重負般，揚起唇笑了。

袁雙見他幸災樂禍，不滿道：「怎麼，我沒工作你很高興？」

「嗯。」

「楊平西！」

楊平西微斂起笑意，目光定定地看著袁雙幾秒，忽問：「袁雙，妳要不要留在我這？」

「啊？」

「留在『耕雲』。」

袁雙著實愣住了，反應了幾秒才明白楊平西的意思。

「你讓我來藜東南，真的想騙我來替你打工啊？」

楊平西沒否認，雖然之前他只是有這個想法而已，但今天這個念頭非常強烈——他想留下袁雙。

袁雙不為所動，搖了下頭，緩緩道：「我堂堂一個大廳副理……」

楊平西：「不就是職位，妳來『耕雲』，就是總經理。」

「……」袁雙無語，直白道：「你店裡就幾個人啊，有部門嗎？還總經理，光有個名頭有什麼用？」

「我給妳分紅。」楊平西直接說福利。

袁雙雖然沒被打動，但還是好奇問：「多少？」

「三成。」

「三成！」

「不然……四成？」

楊平西說分三成的時候，袁雙就已經很驚訝了，他說四成的時候，她可以說是震驚了。

她一個沒入股的人，他要把旅店賺的錢分給她四成？

「大雷呢？」袁雙穩住心神，問：「你給他多少分紅？」

「他拿固定薪水。」

「萬嬸也沒有？」

「嗯。」

也就是說分紅只是針對她的？

袁雙狐疑，問：「為什麼單單給我分紅？」

「捨不得孩子套不住狼。」楊平西坦誠說：「我覺得妳很有能力，又是做飯店的，有妳加入『耕雲』，旅店會更好。」

袁雙被誇得有些飄飄然，但還沒失去理智。

楊平西的為人她還是相信的，他既然說了給她分紅，那就是作數的。

因為職業病，袁雙昨天晚上就大致算過了，按照前臺標注的價格，如果旅店每天都能滿房的話，那營業額還是很可觀的。

楊平西是真捨得「孩子」，要說袁雙一點都不動心，那是騙人的，除了金錢的吸引力，她內心深處有一塊地方隱隱被觸動到了。

但是留在藜東南，留在「耕雲」？她下不了決心。

楊平西像是看出袁雙還有顧慮，也不緊逼，他看了眼時間，起身說：「走吧？」

「嗯？」袁雙還有些愣。

「說了要帶妳去風景區轉轉，再不去今天就逛不完了。」楊平西說完一笑，垂眼道：「先玩要緊，我不急著要妳的答案，只要妳在藜東南一天，我的邀約就一直有效。」

下了山，楊平西帶著袁雙去了北門售票大廳，買了兩張觀光車的車票。在黎山鎮定居的人免票，風景區的檢票員認識楊平西，看到他也不攔，袁雙跟著他一路暢通無阻地進了風景區。

古橋風景區和大瀑布風景區一樣，裡面有好幾個景點，各個都隔得遠，需要乘坐觀光車才能到，否則走一天都逛不完。

楊平西帶著袁雙去了乘車點，上了觀光巴士，那司機認識他，見了他就打招呼，說：「哇，小楊啊，好幾天沒見到你了，去哪了？」

「藜陽。」

「難怪去店裡喝酒也沒見到你人。」司機說完看向袁雙，饒有興趣地問：「這女生是誰啊？」

「朋友。」楊平西簡單地應了話，回頭讓袁雙找個位子坐下。

袁雙就坐在司機後面靠窗的位子，楊平西在她身邊坐下，又和司機攀談了兩句。

車坐滿後就發車了，巴士沿著山腳下蜿蜒的山路緩緩行駛，袁雙轉頭看向窗外，一條綠汪汪的大江映入眼簾，像一條綠絲帶。

她想這就是藜江了。

巴士走了大概十五分鐘就到了古橋，袁雙跟著楊平西下了車，走兩步就看到了橫亙在碧江上的一座七孔橋。

上午太陽已高升，陽光傾灑在江面上，映射出粼粼的波光。古橋上站滿了遊客，江水兩岸人也不少，旅行團的導遊站在岸上，揮舞著小旗子，用大聲公點名。

袁雙低頭去看江裡的鯉魚，嘀咕了句：「餵得真肥。」

「要不要幫妳拍張照？」楊平西見旁邊的女生都在擺姿勢拍照，便問了句。

袁雙抬眼，興致缺缺：「都是人，拍了也不好看。」

旅遊季到了，最近遊客越來越多了，楊平西說：「本來想帶妳夜遊的，晚上風景區裡沒人，很安靜，但是光線不好，看不到什麼景色。」

「晚上還能進來？」

「在地的可以。」楊平西看她：「有興趣？」

袁雙點點頭，她還沒晚上逛過這種地方，自然想體驗一次。

「以後有機會的。」

楊平西說得漫不經心，袁雙卻覺得他這句話一語雙關，一時又想起了剛才在旅店他說要她留下的話。

袁雙跑了神，還是旁邊導遊的聲音把她嚇回了神。

既然來都來了，還是得拍幾張打卡照，袁雙拿出手機對著古橋隨意拍了兩張，餘光見楊平西走到一旁接電話，她聽他喊了聲「大雷」，就知道是旅店有事找了。

等楊平西掛斷電話，袁雙走過去問：「旅店有事？」

「嗯，出了點小狀況。」

「那你回去忙吧。」

「妳自己……」

「我多大人了，再說，之前去大瀑布我不也是一個人走下來了嗎？」袁雙很乾脆，朝楊平西擺擺手，說：「你趕緊回去吧，別耽誤賺錢。」

楊平西失笑，也不和袁雙假客套，交代了幾句：「古橋有六個景點，每個景點都有觀光車，這次不用錯開景點，按照路線走就行。」

袁雙點頭。

「走棧道的時候別離水太近，容易掉下去。」

「嗯。」

「去『水上森林』就依照風景區規劃的路線走，別往山裡面跑。」

「嗯。」

「如果要坐船，一定要記得穿救生衣。」

袁雙聽楊平西事無鉅細地叮囑她，好像她是第一次出門的小孩，忍不住開口說：「楊平西，你早上才說我有能力，現在就質疑我了嗎？」

楊平西愣了下，隨即笑了，說：「我是怕妳人生地不熟，會出事。」

「我這麼大個人，能出什麼事？」袁雙做出一副不耐煩的模樣，嫌棄道：「我要開始玩了，你趕緊走吧。」

楊平西笑一聲，說：「小心點。」

袁雙朝他揮揮手，敷衍地道別，見他轉過身走了兩步，又回過頭來，「嘖」了聲，問：「又怎麼了？」

楊平西從口袋裡掏出手機，低頭點了兩下，走回去說：「加個好友，有事好聯絡。」

袁雙才意識到，自己和楊平西都半熟了，卻連對方的好友都沒有。她從包裡拿出手機，掃了碼加他。

楊平西的名字就是「耕雲」，頭貼是店裡那隻阿拉斯加犬的照片，袁雙掃了眼，點擊添加。

加上好友，楊平西就走了，袁雙等他走遠後，才找出他的名字，翻看起他的個人頁面。楊平西發動態不怎麼勤快，半年僅有幾則，每一則都和他養的那隻狗有關。

三月二十二日，他發了張阿拉斯加犬的照片，問：『狗不見了，有沒有人看到？』

四月十八日，他又發了張狗的照片，問：『狗又不見了，有沒有人看到？』

五月二十八日，他還是發了一張狗的照片，問：『有沒有人看到我的狗？』

六月十五日，他仍發了一張狗的照片，說：『狗不見了，看到的人麻煩聯絡我。』

袁雙看笑了，原來楊平西的個人頁面就是發尋狗啟示的地方，不知道的人還以為他開的是叫「耕雲」的寵物店。明明是個旅店老闆，個人頁面裡卻沒有一則宣傳旅店的動態，簡直不務正業。

「這人。」袁雙搖了搖頭。

她此前一直覺得楊平西不夠精明市儈，不是做生意的料，可這兩天她看旅店的住客還是挺多的，難道是風水好？

想到這，袁雙不由又想到了早上他邀她入夥的事。

之前她覺得和楊平西搭夥肯定虧死，現在看來好像不會，但即使沒了這個顧慮，她還有別的顧慮。

袁雙雖說不是什麼top院校的高材生，但學校並不差，畢業後她憑自己的本事當上了大廳副理，自認能力也不差。雖說現在辭職了，但憑她的履歷，只要她想，回北京再在好點的飯店找份工作還是很容易的。

以前在飯店受了氣，或是工作累的時候，袁雙也想過要開家民宿，自己當老闆，但不過是想想罷了，她知道這不現實。如果她現在答應楊平西，就意味著要放棄這些年在北京費盡心力打下的根基，前功盡棄。

袁雙仔細考慮了下，還是理智地認為留在藜東南不是可靠的選擇，楊平西賞識她，算他有眼光，但她只能對他說聲抱歉了。

旁邊的旅行團集合完畢，在導遊的一聲令下一起出發了。袁雙也不再站在原地，快步走在了他們前面，打算好好逛一逛景點。

藜江兩岸都能走，一邊是寬闊的公路，一邊是狹窄的棧道。上午太陽斜照，公路上沒什麼遮擋物，直接曝晒在陽光之下。

袁雙怕晒，就從古橋走到了對岸，藉著樹蔭沿著棧道往前走。棧道沒有扶欄，難怪楊平西讓她別靠江邊走，不過藜江的水淌得緩慢，江水也不是很深，倒不那麼危險，她甚至看到有遊客蹲在江邊的礁石上玩水。

藜江江水綠中帶藍，與大瀑布風景區湍急的江流相對，別有一番意趣。袁雙打開遊客模式，一路上走走停停，時不時拍幾張照傳到家族群組裡，向父母彙報下自己的情況。

走了半個多小時後，袁雙找了個石頭坐下休息，她從包裡拿出早上出門前楊平西給她的水，才喝了兩口，就見一個身材高挑的女生笑著朝她走來。

「小姐姐，妳能不能幫我拍幾張照片？」高個女生問。

袁雙想著也就一下子的功夫，便蓋上瓶蓋，接過了她手中的相機。

高個女生擺姿勢很專業，都不帶重複的，袁雙幫她拍了十幾張照片，看得出來她很滿意，道了謝後又殷切地問她能不能結伴一起走。

袁雙一眼就看穿了她的心思，這女生不是真心想找人作伴，而是想找人幫她拍照。

所幸袁雙今天不趕時間，想著一個人走也無趣，不如就和她搭個伴。

「我叫夢茹，小姐姐，妳呢？」高個女生搭話。

「袁雙。」

「那我叫妳小雙？」

袁雙挑眉，說：「我可比妳大。」

「我今年大學剛畢業，妳不是嗎？」夢茹問。

袁雙搖頭：「妳看我像學生嗎？」

「像啊，又年輕又漂亮。」夢茹眨眨眼睛說：「看起來不比我大。」

袁雙心想這女生嘴還挺甜，知道找人幫忙要把人哄高興。

袁雙和夢茹結伴走完了古橋景點，因為聊得還不錯，又一起乘車去了「水上森林」景點。

「水上森林」顧名思義就是水上的森林，森林裡種的都是水杉，高大的樹木挺拔沖天，根部卻浸在水中。

袁雙剛進景點就感到一陣涼爽，森林裡修了小路，走在其中能聽到周邊細微的水流聲，有些遊客還會脫了鞋襪下去水潭戲水。

到了新景點，夢茹的「拍照癮」又發作了，她興沖沖地把相機遞給袁雙，袁雙就找好角度幫她拍了幾張。

「小雙姐，妳拍得真好。」夢茹翻看照片，忍不住誇了一句。

袁雙不居功，只說：「是妳上鏡。」

「妳覺得我上鏡？」

「嗯。」

「那妳說我去當模特怎麼樣？」

袁雙忖了下，反問：「工作還沒定？」

夢茹嘴角的笑意霎時沒了，垂著肩說：「我想當模特，但是我爸媽想讓我回老家，找份安穩的工作。」

袁雙愣了下，總覺得夢茹這情況似曾相識。

「我才不回去，安穩有什麼好的。」夢茹賭氣道。

袁雙垂眼說：「妳爸媽也是關心妳，怕妳吃苦頭。」

「我知道，但是……」夢茹雙手叉腰，意氣風發地說：「我才二十一歲啊，人生還長呢，現在不去嘗試不去挑戰，以後我一定會後悔的。」

袁雙怔忪。

她想到了自己。

二十郎當歲的時候，袁雙也和夢茹做了一樣的選擇，不顧父母的勸阻反對，執意要去北京，想在大城市裡生活。

那時她還很有激情，有著一股初生牛犢不怕虎的莽撞，做事從不瞻前顧後，說去北京就去北京，才不管它是龍潭還是虎穴，但現在，她的熱情好像已經被消磨殆盡了。

袁雙驀然發現，自己學會了權衡利弊，計較得失。這當然是件好事，說明她這些年成長了，但也丟失了一部分自我，她現在連嘗試另一種生活的勇氣都沒有了。

對現在的她來說，北京和藜東南相比，未嘗不是另一個意義上的舒適區。

她不過比夢茹大五歲，就已經是上了年紀的人了？

袁雙察覺到自己內心的天平已有了傾斜。

她從前在書上看到說西南有的民族會蠱術，她懷疑楊平西是不是對她下蠱了，不然怎麼打從認識他開始，她就一直被牽著鼻子走？

正午，日頭正高，氣溫也升至了最高點。

風景區雖四面環山，樹蔭良多，又有藜江從中貫穿，但不管如何涼爽，夏季白日裡，人在戶外徒步總歸是件不那麼舒適的事。

袁雙靠著自己的兩條腿走了一個上午，累不說，身上熱得已經出過好幾次汗了。夢茹也不復一開始的活潑，到了「水上森林」後半程，連擺拍的力氣都沒了。她們好不容易走完全程，剛從出口出來，就癱在了長凳上。

袁雙把瓶子裡的最後一口水喝盡，正想著要去休息站買水，楊平西的電話就適時打來了。

她把空瓶往垃圾桶裡一丟，接通電話，有氣無力地問：「什麼事？」

楊平西聽袁雙語氣懨懨的，低聲笑了，問她：『從「水上森林」出來了？』

「你怎麼知道？」

『我估計以妳的體力，上午也就能逛完兩個景點。』

袁雙不滿，還想和楊平西槓兩句，但事實擺在面前，她只能作罷。

『人出來了，在哪？』楊平西問。

袁雙故意說：「你這麼能猜，還問我？」

楊平西哼笑了下，一點也不介意袁雙耍小性子，而是說：『我在「水上森林」出口的休息站，妳休息好了過來。』

袁雙「嘁」了聲掛斷電話，人倒是老老實實地站了起來。她看了指示牌一眼，招呼夢茹一起往休息站走。

楊平西就等在休息站前，抬頭看見袁雙，舉手隨意地招了下。

還未走近，袁雙就看出了楊平西和之前比有點不一樣，她隔著點距離仔細打量了他一眼，這才發現他把下巴的鬍渣刮乾淨了。沒了鬍渣，他整個人清爽了許多，但身上那股落拓不羈的浪子氣質卻一分未減，大概骨子裡的東西和外表無關。

「哇，好帥。」夢茹看到楊平西不自覺感嘆了句：「身材也好好，像男模。」

楊平西本來就長得不錯，現在打扮一下更是人模狗樣的。袁雙看著他，忽地想起了昨晚做的夢，表情瞬間垮了，冷颼颼地回一句：「也就那樣吧。」

說罷，她幾步走過去，站在楊平西面前，問：「忙完了？」

「還沒有。」

「那你進來風景區幹嘛？」

「怕妳找不到吃飯的地方。」

「這麼好心？」

楊平西勾了下唇：「怎麼說，妳也是我請來的客人。」

「我看你是別有所圖。」袁雙睨著他，不客氣地說。

楊平西和袁雙心照不宣，但這話聽在夢茹耳朵裡就變了味了。她忽覺自己在大白天裡鋥光瓦亮的，忍不住開口問：「我是不是打擾到你們了？」

「沒有。」袁雙瞥了楊平西一眼，說：「我們不是情侶，是……」

袁雙頓了下，夢茹立刻接下話：「歡喜冤家，我懂的。」

袁雙沒想到自己和楊平西的關係在別人看來是這樣的，但論起來，用「歡喜冤家」來形容他們還挺恰當的，只不過夢茹欲說還休的眼神總讓她覺得這個詞好像沒那麼簡單。

袁雙沒有深究，看著夢茹大方地說：「我們要去吃飯，妳一起吧。」

「不了不了。」夢茹擺擺手，不想再當電燈泡，她很識趣地說：「聽說前面可以划船，我要去體驗一下。」

袁雙說：「吃了飯再去也不遲啊。」

「吃飽了，我怕暈船會吐出來，那不就白吃了。」夢茹說完，邁著輕快的腳步走了，邊走還邊回過頭對袁雙揮手，說：「小雙姐，今天謝謝妳了，晚上我會去妳說的旅店住的，到時候再見。」

「妳自己小心點。」袁雙抬手回應她。

楊平西擰開手上的一瓶水遞給袁雙，問：「妳又幫『耕雲』拉客了？」

「我就隨口和她提了一嘴，說你調的酒不錯，她就心動了。」

楊平西挑眉：「隨口？」

袁雙接過水，剛要放到嘴邊，見楊平西露出看破一切的表情，忍了忍，還是回了嘴：「我是知道她喜歡去酒吧，猜她應該喜歡喝酒，故意提的，行了吧。」

楊平西失笑，謔道：「妳還挺關心旅店的生意。」

「畢竟這關係到我之後的收入。」

楊平西一愣，低下頭問：「什麼意思？」

袁雙仰頭慢慢地啜飲著水，解了渴後也沒回答楊平西的問題，反而岔開話說：「不是說帶我去吃飯，還不走？」

楊平西盯著袁雙看了幾秒，見她顧左右而言他，便知道她是有意吊著自己。他挑了下眉，明白急也急不來，便極輕地笑了下，轉過身說：「走吧……冤家。」

袁雙愣了下，反應過來，嘴角露出微妙的笑意，舉步跟了上去。

風景區的休息站就有餐館，但時下正值吃飯時間，遊客又多，得等位。楊平西沒打算等在原地，而是帶著袁雙直接去了乘車點，搭了一個老司機的便車，去了員工中心。

袁雙本以為楊平西要帶她去別的休息站吃飯，下了車才明白，他是帶她來蹭風景區員工餐廳的。

員工中心位於風景區中央，餐廳就在一樓側廳，用的是自助取餐的方式，吃多少拿多少。看得出來楊平西和風景區的工作人員熟得很，甫進餐廳，就一直有人朝他打招呼，左一句「楊老闆」，右一句「小楊」，風景區的人對他來餐廳吃飯見怪不怪，好似他和他們是同事。

有好奇的人問一句袁雙是誰，楊平西便以「朋友」二字回答，對方就不再多問，不僅不反感楊平西帶人來蹭飯的行為，反而熱情地讓袁雙多吃點。

「你和風景區的員工怎麼這麼熟？經常帶朋友免票進風景區吃白食？」袁雙跟著楊平西去了取餐區，忍不住發問。

楊平西失笑，說：「妳當風景區是我開的，這麼大權力？」

「不然……」

「風景區這個月在引流，這幾天凡是在鎮上飯店旅館住的人，憑藉訂單資訊就可以免票進入風景區。」楊平西低頭看袁雙，說：「妳趕巧了，明天開始風景區就要恢復收費了。」

袁雙恍然。

六月份還不算真正的旅遊尖峰時段，風景區辦免票活動，不僅可以擴大宣傳，在接下來的旅遊旺季吸引更多的遊客來藜東南，讓旅客住在鎮上還可以帶動消費，這對當地的經濟發展也是有益的。

「我沒有訂單資訊啊。」袁雙突然想到。

楊平西笑著指了下自己，說：「我不就是？」

袁雙想也是，楊平西一個旅店的老闆，他帶著的人十有八九是店裡的住客。

「那這個月風景區的員工餐廳也對外免費開放？」袁雙又問。

「這倒沒有，員工餐廳不對外開放。」楊平西拿了一個餐盤給袁雙，解釋道：「之前風景區缺人手，我來幫忙，偶爾會留在這吃一頓飯。」

「所以……」袁雙指著自己的鼻子，眼睛圓瞪，說：「吃白食的只有我一個？」

楊平西忍不住笑，見袁雙當真不好意思，便說：「員工餐廳雖然不開放，但有遊客來吃飯，風景區的人也不會拒絕，還會好好招待。」

「真的？」

「嗯。」楊平西看她一眼：「藜東南的人都很熱情，妳待久了就知道了。」

袁雙聽出了楊平西的話外之音，故意不接話，裝作沒聽見似的低頭去看餐臺上的菜式，準備腆著臉蹭一頓飯。

她拿了兩碟菜，一葷一素，又挑了一份燉罐，端著餐盤跟著楊平西找了張空桌落座。

「要試試嗎？」楊平西指著自己餐盤裡的一小碟涼拌魚腥草問袁雙。

袁雙趕忙搖頭。

楊平西笑了下，才說：「妳吃不習慣魚腥草，我就讓萬嬸以後做菜別放。」

「嗯……嗯？」袁雙抬眼，看著楊平西睇了下眼，拿腔拿調地說：「我答應你要留下來了嗎？」

「所以妳不打算留下來？」

「我……」

好一招以退為進，袁雙磨了下牙，也不再繞彎子，直接攤開了說：「我上午想了下，答應你留在『耕雲』也不是不行，但是——」

她舉起手做了個「三」的手勢，同時說：「試用期三個月。」

楊平西聞言挑眉：「妳是我直聘的，就不需要試用期了。」

「楊老闆，你別搞錯了，這個試用期不是設置給我的，是設置給你的。」

「嗯？」

袁雙敲敲桌子，一本正經地說：「聽好了楊平西，是我『試用』你，不是你『試用』我，明白了嗎？」

楊平西眉間一動。

「你這店的情況我不了解，我們也才認識沒幾天，所以我需要三個月的考察時間。」袁雙全然一副HR的口氣，踐踐地說：「你要是通過了試用期的考驗，我就留下；要是沒有，我就回北京。」

三個月試用期的方法是袁雙花了一個上午想出來的，她覺得自己現在想留在藜東南是在興頭上才會有的想法，楊平西的提議啟動了她體內的冒險因子，她感性上願意一試，但理性層面又始終清醒地知道自己不可能在這長久地待下去。

三個月的時間，袁雙想足夠自己體驗嘗試新的生活，繼而打破幻想認清現實，到時候只要她想走，就能脫身離開，既是有約在先，楊平西也不能說她不義。

「妳『試用』我？」楊平西聽明白袁雙的話，眉峰一挑饒有興味地問。

「嗯。」袁雙下巴一抬，保持著自己的優越感。

「三個月？」

「接受嗎？」

楊平西只聽說過老闆考察員工，沒聽說過員工明目張膽地說要考察老闆。袁雙上來就反客為主，一點都不委婉，他的權威被挑戰，卻還是忍不住笑了。

「我接受妳的要求，但是有個條件。」楊平西施施然開口。

袁雙示意：「你說。」

「三個月，不能提前走人。」

袁雙眼波微動，思索片刻，覺得他這個條件對自己沒什麼不利的地方。

不就三個月，這段時間她就當是離職後的緩衝期，好吃好玩，順便為自己退休後開民宿積累經驗，還有錢拿，簡直快哉！

「行，我答應你。」袁雙爽快地一錘定音，還主動伸出手，笑道：「合作愉快。」

楊平西抬了下眉頭，放下筷子，伸手握住袁雙的手，回道：「合作愉快。」

第五站　江湖客棧

吃完飯，楊平西問袁雙累不累，累的話可以隨他回旅店休息，不必趕在一天內把所有景點逛完，反正等她入職「耕雲」，以後可以憑藉黎山鎮工作人員的身分免票進風景區。

袁雙前天才走完大瀑布，元氣還沒完全恢復，今天上午又走了幾公里，人是有點累，但她並沒有隨楊平西回去。她這個人多少還是有點職業道德的，既然答應了楊平西要在「耕雲」幹三個月，她自然是要做做功課的。

會來黎山鎮住宿的人十有八九是外地來逛古橋風景區的遊客，她作為旅店員工，如果自己都不了解風景區，那怎麼能幫住客做介紹？

是以雖然身體疲憊，袁雙下午還是撐著去了風景區裡的其他景點。

除了古橋、水上森林外，古橋風景區裡還有瀑布、大水潭、湖泊、溶洞、濕地公園等景點，每個景點都各有各的特色，一個風景區逛遍能飽覽不同的風景。

袁雙走了一個下午，用手機拍了上百張的照片，總算是逛完了所有景點。傍晚，她坐在濕地公園的亭子裡，看著在水中嬉戲打鬧、滋著水槍的男女老少，眼睛炯然發亮。

經過近一天的觀察，她發現古橋風景區的遊客量還是不錯的，在風景區附近開旅店，等於站在了風口上，就算是隻豬也能起飛，難怪楊平西沒生意頭腦，旅店的入住率卻不錯。

袁雙愉快地想，這三個月她總算不需要再累死累活，可以享受下躺平的滋味了。

風景區晚上並不對大眾開放，六點過後就有風景區工作人員提醒遊客盡快離開，以免入夜後滯留在山裡，容易出事。

袁雙在濕地公園的乘車點上車，直接到北門出口站下車。北門的上車點和下車點不在同個位置，風景區畢竟做的是遊客生意，所以下車點設置在了離風景區大門一公里處，遊客如果想離開風景區，必須要穿過一條商業街。

這條商業街上賣的都是一些在地特色商品，比如民族服飾、手工藝品、風景區周邊等，還有些小店一店兩賣，店裡賣產品，店外擺張桌子或是放著大冰櫃，賣些小吃和飲料。

逛完風景區的遊客自然會想買點紀念品帶回去，送人也好自己留做紀念也罷，總之旅遊商業街還是很熱鬧的。

袁雙沒有去湊這個熱鬧，倒不是不想買紀念品，只是她還要在藜東南待一段時間，現在買還為時過早，等她要走了再來逛也不遲。

她在一家小店買了根烤腸，邊吃邊悠哉地往大門方向走，時不時站在街道上看店裡的東西一眼。路過一家銀飾店時她隨意瞥了眼，走了兩步發覺不對勁，又倒回來，盯著門口冰櫃後面坐著的人瞧了又瞧。

楊平西正捧著一本詩集在看，察覺到落在自己身上的視線後，還以為是有顧客上門，開口就問：「要買酒——」

看清站在冰櫃前的人是袁雙後，楊平西頓了下，很快換了話問：「出來了怎麼沒傳訊息給我？」

「我又不是不認路，自己能回旅店，倒是你——」袁雙打量著他，問：「在這幹嘛？」

楊平西把詩集放在一邊，垂眼示意了下，說：「擺攤。」

袁雙低頭看著冰櫃上擺著的瓶瓶罐罐，不可思議道：「擺攤？」

「嗯。」

袁雙吃驚：「你不僅開旅店，還當攤主？」

「有時間會過來擺一擺。」

「賣什麼？」

「自釀的啤酒。」

袁雙拿起一個易開罐看了看，罐身印著「耕雲」兩個大字，旁邊還有「精釀啤酒」四個小字，底下生產日期、保存日期還有成分表都有。

「你釀的？」袁雙問。

楊平西挑眉，算是默認。

「你到底是開旅店還是酒館啊，怎麼又會調酒又會釀酒？」袁雙都有些佩服楊平西了，她盯著手中的啤酒罐，問：「你賣酒，手續齊全嗎？」

楊平西揚眉一笑：「合法的。」

「自己釀的，好喝嗎？」

「妳想喝，開一罐。」

袁雙故意找碴：「就給一罐？」

「店裡也有，妳想喝隨時都能喝。」楊平西從冰櫃裡挑了一罐度數低的蘋果酒，單手熟練地拉開易開罐，把拉環按下後遞給袁雙，說：「好不好喝，嘗嘗就知道了。」

袁雙不客氣地接過，仰頭豪邁地灌了一口酒，冰涼的液體從口腔一路滑到胃裡，一下子消去了幾分暑氣。蘋果酒的口感酸酸的，回味微甘，像飲料又有酒精獨有的刺激。

「好喝！」她滿足地喟嘆一聲，不吝讚道。

楊平西微微勾了下唇，表情高興卻不自得。

袁雙又嘗了一口酒，見周圍遊客往來絡繹，卻沒人光顧楊平西的生意，遊客都被別的攤主吆喝過去了。她微蹙眉頭，忍不住說：「你就這樣乾坐著，怎麼會有人來買酒？」

「想喝的人自然會過來買。」

又來了，楊平西的「無為而治」生意法。

袁雙翻了個白眼，恨鐵不成鋼地說：「你得學人家吆喝。」

「妳怎麼知道我沒有？」

袁雙「呵」了聲，挑了下下巴示意楊平西：「那你吆喝兩聲我看看。」

楊平西也沒有推託，轉開眼對著路過的遊客問：「喝酒嗎？自釀的啤酒。」路過的兩個遊客看他一眼，不感興趣地走了。

楊平西的語氣乾巴巴的，沒有一點起伏，絲毫不帶感情，再配上他這副散漫的表情，和那天他在車站拉客時一樣，看起來就像在敷衍了事。

吆喝最要緊的就是煽動性，他這個死樣子，誰會被他激起購買欲望？

袁雙氣結，忍不住繞到冰櫃後面，放下包，把楊平西擠到一旁，摩拳擦掌道：「我來。」

她清了清嗓子，放聲喊道：「喝啤酒嗎？自釀的啤酒，好喝的啤酒，只有黎山鎮才有的啤酒，走過路過不要錯過，來瞧一瞧，看一看啊——」

楊平西低頭去看袁雙，她賣力地朝過往的遊客揮著手，態度落落大方，好似做慣了這種事。之前在侗寨也是，她幫幾個老太太賣髮帶，舌粲蓮花，推銷起產品信手拈來，一點都不矜持，哪有一點大廳副理的姿態？

楊平西搖頭失笑，只道袁雙的適應力強，幹什麼事都如魚得水。

袁雙的聲音清亮，蓋過了其他攤主的吆喝聲，沒多久，真的有遊客被她吸引了過來。

「幾位帥哥美女，喝酒嗎？」袁雙看著結伴走過來的兩男兩女，帶著笑問。

「自釀的啤酒？和外面賣的啤酒有什麼不一樣嗎？」

「當然不一樣啦，我們釀的啤酒求質不求量，每次只釀一些，賣完就沒了。而且我們的酒口味很多，你看有鳳梨、蘋果、奇異果、刺……刺梨？」

楊平西正要開口，下一秒就見袁雙拿起那瓶刺梨酒，故弄玄虛般地問：「你們以前沒聽說過『刺梨酒』吧？」

幾個遊客齊齊搖頭。

「這是黎山鎮的特色酒，只有我們這才喝得到，外面都是買不到的。」袁雙言之鑿鑿地說：「就是在鎮上，也只有我們家有，好喝著呢，買了不會後悔的。」

楊平西聽她介紹起刺梨酒有鼻子有眼的，一時訝然，又聽她一口一個「我們這」、「我們家」，說得十分順溜，渾然把自己當成了「耕雲」的人，嘴角不由掛上笑。

那幾個遊客被袁雙一推銷，萌生了好奇心，就買了幾罐酒。

楊平西拿袋子把酒裝好，說了個價錢讓他們掃碼付款，袁雙在心裡把總價除以數量就得出了每罐酒的單價，一罐十幾塊。

袁雙雖然不是酒鬼，但平時也喝酒，在酒吧，這樣的精釀酒一小杯就要幾十元，雖然北京和藜州的物價不一樣，但也不至於差這麼多。她心裡一算就猜楊平西肯定只賣了成本價，根本沒算人工費，完全就是在打白工。

等遊客付款走了，楊平西轉頭問：「妳知道『刺梨』？」

「不知道。」袁雙虛心問：「這是什麼？」

「是藜州這邊的一種果子。」楊平西看著她，眉頭一抬，說：「妳不知道就和人介紹？」

「就是不知道才和人介紹的。」袁雙聳了下肩，說：「我沒聽說過，他們應該也沒有，所以我猜刺梨應該是在地水果，遊客最喜歡的不就是這種有地域特色的東西。」

短短兩秒鐘，袁雙的腦筋就轉過來了，楊平西誇了她一句：「妳倒是機靈。」

袁雙得意地一哼，又問：「這鎮上，除了你，還有人賣自釀酒嗎？」

「賣自釀米酒的多，賣啤酒的只有『耕雲』。」楊平西說：「釀啤酒的工序比較多，一般人嫌麻煩，不會去釀。」

「那你還賣這麼便宜？」

「便宜嗎？」楊平西不太有所謂地說：「反正也是釀著喝的，賣個高興。」

袁雙一哽，忍不住乜他一眼，涼道：「你境界倒是挺高。」

楊平西聽出她是在嘲諷自己，不以為忤，反是一笑。

「晚了，回旅店吧，萬嬸做了晚飯。」

袁雙指指冰櫃上的酒說：「還沒賣完呢，你要把這些酒再帶回去？」

楊平西搖了下頭：「可以寄存在店裡。」

袁雙剛才就猜楊平西和這家銀飾店的老闆是熟人，不然人家怎麼會樂意把冰櫃借給他用，但即使酒能寄存，她還是不想走。

「我做事不喜歡半途而廢，既然插手了，我今天就一定要把所有的啤酒賣出去。」

袁雙說出豪言壯語，態度也十分堅持，楊平西拿她沒轍，並不勸阻，就站在一旁，陪她賣到底。

許是有了開門紅，接下來買啤酒的遊客就多了。袁雙還是以刺梨酒為推銷重點，但刺梨酒數量有限，她就想了個辦法，提高其他口味的啤酒的單價，推出買兩罐別的口味的啤酒送一罐刺梨酒的銷售方案，這樣不僅酒賣出去了，銷售額還沒減少。

袁雙和楊平西分工合作，一個負責吆喝推銷，一個負責裝袋收錢，就這樣相互配合，沒多久的功夫，冰櫃上擺著的、冰櫃裡冷藏的啤酒全都賣了出去。

啤酒銷售一空，袁雙頗有成就感。楊平西看她滿足的樣子，不由一哂，揶揄道：「賣完了，高興了？」

袁雙挑眼看他：「我賣的可是你的酒，幫你賺錢你不樂意啊？」

「樂意，樂意至極。」楊平西像是陪玩的家長哄玩性大發的小孩似的，輕聲問：「現在能回去了吧？」

袁雙滿意地拍了下手，頭一甩說：「走吧。」

楊平西把袁雙的包拿上，和銀飾店的老闆打了聲招呼，追上前面紅裙飄飄的女人，和她並肩往風景區大門走。

夕陽已墜，天色入暝，星子隱約閃現，山上的寨子也亮起了零星的燈光。

袁雙手上拿著剛才那罐未喝完的啤酒，邊走邊抿一口，就這樣吹著晚風，喝著小酒，不覺瀟灑愜意。

「楊老闆。」袁雙出聲喊道。

「嗯？」

「下午轉給你的錢怎麼沒收？」

楊平西轉過頭：「沒記錯的話，我們的帳之前就結清了。」

「之前是之前，昨晚的房費和風景區的車費不是沒給嗎？」

楊平西哂笑：「不用了，妳現在都是『耕雲』的人了，房費就免了，至於車費，就當是我這個當老闆的給新員工的福利。」

袁雙瞥他：「我今天才答應你，要免房費、給福利也是從今天中午開始。」

「我說了，不占朋友便宜，錢你就收了吧。」袁雙仰頭喝了一口酒，乾脆道。

楊平西挑眉，見她說得俐落，他也沒囉嗦，痛快道：「行。」

「對了……」袁雙想起什麼，又說：「我現在既然是旅店的員工了，不好一直在大床房睡，你找個小房間給我，大床房給客人住。」

「妳就睡吧。」楊平西不當回事。

「不行，我住賺不了錢。」

袁雙才剛入職，就一心想著為旅店創造收入。楊平西笑了聲，隨性道：「『耕雲』的房間不緊俏，不差妳那一間，等有人預訂了，妳再換房間也不遲。」

袁雙敏銳地從他這話裡捕捉到了不一樣的訊息，頓時有種不祥的預感，她皺眉說：「我看昨晚大廳裡坐著不少人，旅店的房間應該差不多住滿了啊。」

「住床位房的人多，住單人房間的少。」楊平西看她一眼，淡然道。

「什麼？」袁雙頓住腳，盯著楊平西問：「『耕雲』還有床位房？」

「嗯，在底層。」楊平西見袁雙反應這麼大，稍微一想便明白了：「我說呢，妳怎麼都不問我『耕雲』的經營狀況就答應留下來。」

袁雙咬牙：「我不問你就不說？」

「妳之前不是說我的旅店遲早會關門？我還以為妳清楚店裡的情況。」楊平西慢條斯理地回道。

袁雙噎住。

是啊，「耕雲」的老闆可是楊平西啊！要是生意好，他何必再拉一個人進來分錢？

明溝裡翻了船，袁雙痛心疾首，只道自己是被蒙蔽了雙眼才會沒想通這麼簡單的道理，相信楊平西這隻「豬」能在風口上起飛。

她真是聰明一世糊塗一時！

「『耕雲』底層有四個房間，兩個六人間，兩個八人間。」楊平西介紹完問袁雙：「妳早上沒下去看看？」

袁雙昨晚就對大廳底下的空間很好奇，本想下去一探究竟的，結果被楊平西一杯酒一碗麵絆住了。今早她也是想仔細逛逛旅店的，結果又沉迷於楊平西的詩集了。之後就是李先生出事，再然後楊平西就提出讓她留下的請求。她當時也是愣住了，就忘了底層的事，現在回想起來真是悔得腸子都青了。

誰能想到，「耕雲」還是個青旅！

回到「耕雲」，袁雙第一時間下到底層去看了眼，大廳樓下果然有四個房間，兩個男生房，兩個女生房。

女生房靠裡，六人間的房門沒關，裡面有兩個女生正坐在下鋪玩手機。袁雙輕敲了下門，詢問她們能不能進去看看，得到應允後，她才進了屋。

袁雙在屋裡轉了一圈，粗粗地掃了眼。房間條件還行，面積雖不算大，但擺著三張雙層床和一個鐵皮櫃倒也不顯擁擠。裡面有獨立衛浴，牆上有窗戶，推開就能看到寨子，採光也還可以。

同樣是在底層，廚房和洗衣房那邊挑高不夠，但床位房這邊卻不會。袁雙稍稍一想就知道了，吊腳樓依山而建，底層的干欄長度取決於山體的高度。

廚房和洗衣房那邊的山勢較高，干欄是短柱，圍起來的屋子的地面自然高些，因此挑高不夠。而床位房這邊是長柱，所以房間挑高足夠。

袁雙在腦子裡粗略地畫出「耕雲」的建築圖，發現這座吊腳樓還是個不規則圖形。楊平西把底層置物和蓄畜的空間圍起來改成房間，其實是個不錯的想法，甚至她親自下來看了後，也很贊成他把底層的房間弄成床位房。

雖然底層房間各方面條件都還過得去，但有一個比較大的缺點——不安靜。房間在大廳底下，樓上只要有人走動，底下就能聽得到，這是木頭房子的通病。如果把這幾個房間弄成單人房間，大廳走動的人多，住客難免會有怨言，但床位房價格低，願意住的客人多是背包出行的年輕人，容忍度相對來說高一些。

袁雙看到幾張床上均放著東西，明顯是有人睡的，便知道楊平西說得沒錯，住床位房的人果然比較多，她的心情因此更鬱悶。

在旅店設置床位房可以，但床位房住滿了而樓上的單人房間卻住不滿，這不可以！

袁雙在樓下溜達了一圈，滿腹心事地回到樓上，看到大廳裡每張桌子都坐了人，喝酒聊天的、打牌遊戲的、把妹聊騷的都有，熱鬧得她直磨牙。

虛假的繁榮！全都是泡沫！

袁雙看著鬧哄哄的住客，在心裡暗誹。

「看完了？看完了過來吃飯。」楊平西從廚房那頭走上來，手裡還捧著幾個碗，見到袁雙，便出聲喊她過來。

大雷把大廳裡的兩張長桌併在一起，萬嬸把做好的菜端上桌。袁雙走過去往桌上掃了一眼，呵，大魚大肉，極其豐盛，她家也就是年夜飯才有這個規格。

「做這麼多菜？」袁雙本以為這是楊平西為了招待她，特地讓萬嬸做的，正想說不用這麼客氣，下一秒就看到大廳裡的客人自覺地上了桌。

袁雙愣住，轉頭問楊平西：「住你這還管飯？」

「拼餐。」楊平西把碗筷分出去，回她說：「有些人不想去山下的飯館吃，就在店裡和我們一起吃。」

袁雙盯著他，問了個緊要的問題：「要付錢嗎？」

「付。」

袁雙鬆一口氣，慶幸楊平西還沒傻到家。

「妳坐這。」楊平西幫袁雙添了一碗飯，放在手邊的桌上，示意她坐下。

袁雙坐下後，又抬起頭說：「那個刺梨酒，給我一罐冰鎮的，我嘗嘗。」

「行。」楊平西爽快應道。

「老楊，也給我來一杯。」

「楊老闆，我也要。」

袁雙說要喝酒，桌上幾人跟風說也要喝，楊平西不和他們見外，睨一眼，不客氣道：

「想喝自己來拿。」

「嘖，楊老闆，你怎麼還區別對待呢。」

「就是。」

幾人雖然嘴上抱怨著，卻還是老老實實地站起來跟著楊平西去吧檯拿酒。其中一個刺青包手大哥到了吧檯，對楊平西使了個眼色，問：「老楊，你是不是對那個女生有意思啊？」

楊平西挑眉看他：「『有意思』是什麼意思？」

「裝，你就裝。」包手大哥說：「男女之間不就那點意思。」

楊平西只是笑笑，說：「她現在是『耕雲』的人。」

「新招的？」

「新請的。」

「店裡缺人手？忙的話我可以搭把手啊。」包手大哥拍拍胸脯說。

「我也行啊，反正也不急著走。」另一個小夥子說。

楊平西推了兩杯酒過去，說：「暫時不缺。」

「不缺人手，那是……缺老闆娘？」

「喔～」幾個住客一起起鬨。

楊平西笑著輕搖了下頭，什麼話也沒說，只是低頭倒酒，也不知道是不以為意，還是對他們說的話不置可否。

倒完酒，楊平西抬頭看到袁雙坐在桌邊，托著腦袋，一臉若有所思的模樣。他忖了片刻，對幾個住客說：「她今晚心情不太好，你們要是能把她逗開心了，晚上的酒，我請。」

「真的？」

「嗯。」

包手大哥的表情又變得意味深長了起來，他抬手指著楊平西點了點，揶揄道：「我就說你對人家有意思，還不承認。」

楊平西最後倒了一杯刺梨酒，拿在手中半真半假地說：「她現在是我的『招財貓』，你說我要不要哄著點？」

「嘖，行，我去逗你的『貓』了。」包手大哥戲謔道。

楊平西走回餐桌，把刺梨酒放在袁雙手邊，招呼她：「菜不合胃口？」

袁雙回神，抬眼見萬嬸盯著自己，忙說道：「不是，剛才吃了根烤腸，現在不是太餓。」

楊平西知道袁雙心裡在想什麼，也不點破，坐下後說：「妳現在不吃，晚點肚子餓，可沒有炒麵吃了。」

袁雙乜他：「怎麼，我的待遇還降格了？」

楊平西哼笑，說：「妳之前不是說不吃宵夜？我不好一直和妳對著幹。」

袁雙一聽楊平西又開始怪腔怪調，心裡知道他是存心激自己，所以並不生氣，拿起筷子冷哼一聲說：「桌上這麼多好吃的，我還不稀罕你的炒麵。」

「就是，炒麵哪有肉好吃。」包手大哥坐在對面，恰時開口說：「妹妹啊，快動筷子，不然等等可搶不過我們。」

他說著看了楊平西一眼，眼珠子一轉又說：「可惜老楊這陣子忙，不然他做的酸湯魚堪稱一絕。」

「酸湯魚？」

「苗家的特色菜，老楊做魚的功夫了得，我就是衝著他這一手來的。」

袁雙聞言不由眸光微動，問：「你們以前就認識？」

「老熟人了，我每年只要有時間都會來他這待一陣子。」包手大哥抿了口酒，說：「這裡住起來舒服，氣候好，又安靜，適合放空，那句話怎麼說的，清洗心靈？」

「哥，是洗滌心靈。」包手大哥旁邊的小弟啃著雞腿糾正道。

「差不多，就是這個意思。」

袁雙見包手大哥人高馬大的，留個寸頭，穿著件黑色背心，露在外面的兩隻臂膀刺著左青龍右白虎，看起來就跟黑社會老大似的，嘴裡卻說著文藝青年的話，忍不住翹起了唇角。

「妹妹啊，我聽妳口音，北方人吧？」

袁雙點了下頭。

「哎唷，巧了，我也是。」包手大哥舉杯，豪爽道：「我們是同鄉，碰一個。」

北方範圍那麼大，占大半個國家，包手大哥這麼隨便就認了同鄉，袁雙也不較真，舉起杯子和他碰了下，隨後一口氣把酒喝了。

「爽快！」包手大哥朝袁雙豎起拇指，又問：「妹妹，妳酒量怎麼樣？」

「還行。」在飯店工作有時要應酬，袁雙的酒量就是工作後練出來的。

「說還行，就是很行。」包手大哥一拍桌子，樂道：「太好了，這下我有酒友了，不然我總自己一個人喝，沒意思。」

袁雙放下杯子，又朝去吧檯拿酒的楊平西看了眼，問：「楊老闆不陪你喝嗎？」

「老楊這個人什麼都好，就是酒量不太行。」

袁雙詫異：「他自己會釀酒、調酒，酒量怎麼會不行？」

「會釀酒、調酒不代表酒量就好。」包手大哥見楊平西不在，揭他老底：「我第一次和老楊喝酒是在千戶寨，那時候我也和妳一樣，以為他會釀酒調酒，酒量應該不差，就多灌了他幾杯，結果妳猜怎麼樣？」

「嗯？」袁雙好奇地身子往前傾。

「他喝醉了，半夜跑出門，在風雨橋上睡了一宿。第二天我找到他的時候，他腦袋旁還放著一些零錢，也不知道是哪些好心人施捨的。」

袁雙想像了下楊平西露宿街頭的畫面，忍不住「噗哧」笑出了聲。

說實話，楊平西身上是有些「流浪漢」氣質的，倒不是說邋遢或是可憐，而是那種從骨子裡散發出的睥睨世俗、自由放蕩的感覺。雖然他的詩寫得不怎麼樣，但袁雙總覺得他的靈魂很接近行吟詩人。

楊平西拿著兩瓶酒回來時，見袁雙咧著嘴笑得燦爛，不由挑眉，問：「聊什麼呢？這麼開心。」

「聊什麼你就別管了。」包手大哥接過楊平西手中的酒，掂了掂說：「記得酒管夠就行。」

楊平西把另一瓶酒也遞過去，低頭見袁雙一臉興味地看著自己，就知道他們剛才聊的肯定不是什麼好事。

「虎哥的話妳別信。」楊平西說。

袁雙這才知道包手大哥名裡帶「虎」，果然是人如其名，天不怕地不怕。

「你都不知道我們在說什麼，就讓我別信？」袁雙唇角上揚，眸光帶笑，說：「虎哥誇你呢。」

「誇我什麼？」

「誇你……長得帥。」

楊平西輕笑：「這已經不是妳第一次說我帥了，很滿意我的長相？」

袁雙心裡驀地打了個突，下意識就否認道：「這話不是……」

她話說到一半又覺得否認了反倒顯得此地無銀，楊平西早看出來了，虎哥根本沒誇他帥。

「場面話懂不懂？再說了，之前我不誇你帥，怎麼拉客？」袁雙別開眼，避開楊平西的視線。

「和妳朋友聊天也說場面話？」楊平西語帶笑意，輕喊了聲：「又又。」

袁雙腦袋一嗡，差點忘了這一件事。

「我那是……」袁雙居然找不出辯解的藉口，她氣急窘迫之下，把槍口掉轉過來，對準楊平西，質問道：「楊平西，你不會是想用『美男計』把我留下來吧？」

楊平西愣了下，隨即失笑：「妳這人……」

袁雙越想越覺得有可能，楊平西之所以撩撥她，肯定是看出她動搖了，利誘不成，又來色誘，簡直陰險可惡。

她磨磨牙，壓低聲說：「我告訴你啊，『美男計』不管用，你死了這條心吧！」

楊平西很快斂了笑，垂眼看著袁雙，一雙眼睛深不可測。

就在袁雙心裡發毛的時候，楊平西又鬆快地一笑，抬手把一盤菜推到她面前，若無其事地說：「藜東南在地的黃牛肉，嘗嘗。」

話題轉得太快，袁雙一時跟不上來，她愣了幾秒，以為楊平西真的在向她推薦在地菜餚，便拿起筷子，搛了一箸嘗了嘗。

「怎麼樣？」

袁雙點頭，如實說：「好吃。」

「比起北京的牛肉怎麼樣？」

「比北京的好——」袁雙忽然反應過來，差點閃了舌頭。

楊平西的嘴角上掛著一抹高深的笑，看著袁雙的眼神別有意味：「藜州的『葷腥』嘗起來也不差，是吧？」

袁雙頓時一口肉哽在喉間，嚥也不是，吐也不是。

別人聽了楊平西的話，只會當他說的是那盤紅燒黃牛肉，但袁雙卻對他的言外之意再清楚不過了。

他說的哪是肉啊，是他自己！

幾杯酒下肚，桌上一起吃飯的人都放開了。

袁雙也不知道是不是自己看起來好相處的緣故，晚上飯桌上的人都愛找她談天，一個個爭先恐後地向她敘說在旅途中遇到的趣事囧事，逗得她哈哈大笑，眼淚都笑出來了。

袁雙在酒精的作用下鬆弛了很多，聊了一陣後她發現，住在「耕雲」的人都很有意思，像是武俠小說裡的各路江湖人士，機緣巧合地匯聚在了一家客棧裡，每個人身上都帶著故事。而楊平西作為客棧老闆，不僅提供一個落腳的地方，還會獻上一壺酒，給客官們慰慰風塵。

袁雙觀察到楊平西和店裡住客的關係都不錯，能插科打諢也能互嗆互損，他沒有放低姿態討好奉承這些住客，那些住客也沒有高高在上地端著架子。

袁雙以前在飯店工作時，總是秉持著「顧客是上帝」、「花錢的是大爺」的宗旨，小心翼翼無微不至地照顧著客人，就算他們故意找碴也要賠著笑臉。這用客房部同事的話說就是伺候「祖宗」，他們戰戰兢兢如履薄冰，就怕「祖宗」一個不樂意給個投訴，到時候他們這些職員不僅要挨訓，還要扣錢。

袁雙恍恍惚惚地想，其實像楊平西這樣做生意也挺好，和住客打成一片，混得跟朋友一樣。

想到「朋友」，她倏地又回到了現實，忽然記起，來「耕雲」的第一天，大雷就說過，店裡的規矩是：楊平西的朋友，住店不收錢。

袁雙瞬間清醒過來，抬手拍拍自己的腦袋，直道自己和楊平西待久了，也變得不精明了，險些要成為冤大頭二號。

做生意最怕沾惹上感情，很容易牽扯不清，老闆就是老闆，住客就是住客，當什麼朋友，影響賺錢。

袁雙勸自己要冷靜，千萬別上頭。

等酒闌歌罷，夜已經深了，寨子裡十點過後不能大聲喧鬧，旅店裡的臨時酒局就自發地散了。

袁雙已經許久沒像今晚這樣發自內心地開懷大笑了，上了樓回到房間，她餘興未了，洗澡的時候還哼著歌。以前她工作之餘偶爾也會和三五好友聚聚，但每次總有一根神經是繃著的，沒辦法全然鬆懈下來，因此難以盡興，今晚卻很暢快。

笑了一整晚，胸口裡積鬱的濁氣都排了出去，袁雙內心的天平又開始搖擺了起來。她趴在床上，拿過手機，點開預訂飯店的軟體，搜索「耕雲」。

「耕雲」的綜合評分很低，可以說是在黎山鎮所有飯店旅館中墊底的程度。袁雙點進訂房頁面看了眼——床位房緊俏，標準套房和大床房都還有房。雖然已經預想到了情況，但親眼看到，她還是心梗了下。

軟體上有之前住店的客人留下的評論，評論數不多，袁雙點進去翻看，發現評論的內容重合度很高，幾乎都在誇老闆長得帥、人好、酒調得好喝、飯做得好吃……偶爾有幾則誇完老闆會順帶提一嘴說環境好，狗很可愛的。

要不是袁雙知道楊平西的為人，她真的要懷疑他買評了。

袁雙往下還翻到了一則評論，說本來訂了八人間的床位房，帥哥老闆人超級無敵好，直接幫她升房，安排她住進了樓上的大床房。

很多飯店都有升房服務，為的是空出低價房來引流，吸引更多人入住。但升房也是有原則的，飯店是在能保證營收的情況下才會幫賓客升房，而且升房也是逐級升的，像楊平西這樣從床位房直接幫人升為大床房的，袁雙還是第一次遇到。

大床房的價格是床位房的好幾倍，這就相當於在飯店裡把單人房間直接升到了套房，而且以袁雙對楊平西的了解，他是不可能只對一個住客搞特殊的。

楊平西這哪是做生意，是做慈善啊。

袁雙嘆口氣，把手機往旁邊一丟，將腦袋埋進被子裡。

之前她還是太理想了，旅遊旺季「耕雲」的入住率尚且這麼低，更別提淡季。楊平西說要給她分紅，她一開始還覺得四成有點多，現在看來，旅店一個月都進不了多少帳。何況楊平西還這麼「敗家」，不賠錢就不錯了。

拿了分紅，一榮俱榮一損俱損，雖然福利共用，但同時風險也要共擔。

楊平西，好陰險的男人！

袁雙本以為要過段時間，自己才會發現，不管在哪，生活的本質都是一樣的，但她怎麼也不會想到，自己嚮往的田園牧歌生活還沒開始就幻滅了。這下都不需要三個月的時間來打破幻想了，她現在就已經認清了現實。

袁雙捶了捶床，心裡敲起了退堂鼓。她想反正也沒簽合約，想走隨時都能走，誰也不能拿她怎麼樣。

就在她萬分糾結的時候，房門被敲響了，她翻過身坐起來，問：「誰啊？」

「我。」

會這樣回答的只有楊平西，袁雙披上外套，趿拉上拖鞋，走過去開了門。

「有事？」袁雙問。

楊平西反問她：「妳沒有跺腳？」

「沒有啊。」

楊平西說：「我聽到樓上有動靜，以為妳有事找我。」

袁雙想可能是自己剛才捶床的動靜大了些，讓楊平西誤會了，她見他真的隨叫隨到，笑了下說：「你還真的是土地公啊……手上拿了什麼？」

楊平西把手中的杯子遞過去：「蜂蜜水，解酒的。」

軟體上那些評論誇楊平西不是沒有道理的，他確實是妥帖周到，對人太好，對自己反而隨隨便便。

袁雙接過杯子，抬頭看著楊平西欲言又止。

「有話說？」楊平西低頭問。

「也沒什麼……」袁雙囁嚅了下，手上摩挲著杯子，最後只是說：「蜂蜜水我會喝的，謝啦。」

「嗯。」楊平西端詳著袁雙的表情，再問一遍：「真的沒話要說？」

袁雙被問得心虛，反而逞起狠來，瞪他：「我說沒有就沒有，你怎麼這麼囉嗦，趕緊下去吧，別耽誤我睡美容覺。」

楊平西輕笑，看了袁雙一眼，也像是有話要說，猶豫再三，最後只是丟下一句：「有事跺腳。」

「知道了。」

等楊平西下了樓，袁雙關上門，背靠在房門後，長長地嘆一口氣。

她想好了，藜東南是一定要離開的，她不能在這裡蹉跎光陰，但這事她還沒想好要怎麼和楊平西說。

袁雙舉起杯子，把蜂蜜水喝了，明明水是甜的，她嘴裡卻在發苦。

心裡掛著事，袁雙一晚上都沒睡踏實，一大早，寨子裡的公雞剛叫第一聲，她就睜開了眼睛。

袁雙怕楊平西像昨天一樣，早早地就出了門，所以簡單洗漱後，她換了身衣服就下了樓。剛到大廳，「寶貝」就奔過來，吐著舌頭在她腳邊轉悠。

楊平西正叼著菸在清點酒櫃上的酒，回頭看到袁雙，也不是很意外。

「這麼早就起來了。」

「哦，睡不著了。」

袁雙走過去，在吧檯前的高腳凳上坐下，盯著楊平西看。

楊平西放下手中的酒瓶，問：「有事？」

「你先忙你的，忙完了再說。」袁雙打了一整晚的腹稿，看見楊平西，辭別的話還是很難說得出口。

楊平西把一瓶酒放在酒櫃上，轉過身把還有一大截的菸碾滅在菸灰缸裡，頭也不抬地說：「袁雙，妳想走，我不會攔妳。」

袁雙沒想到楊平西開口就把話挑明了，她稍稍一怔，見他說得這麼乾脆，心裡反倒有點不是滋味。

「我走你沒意見？」袁雙問。

「嗯。」

「三個月試用期的事……」

「口頭說說的，不作數。」楊平西抬頭，很是淡然地說：「妳心裡不樂意，勉強留下也沒意思，我們好聚好散，以後還是朋友。」

袁雙緘默。

楊平西似乎真的不介意袁雙出爾反爾，語氣還是和和氣氣的，甚至帶著笑。他問：「回北京的車票搶到了嗎？打算什麼時候走？我送妳去火車站。」

事情進展順利得出乎袁雙的意料，她甚至一句腹稿都沒說，楊平西就順水推舟，幫她鋪好了臺階。

他越是這樣，袁雙心裡反倒越是堵得慌。

她知道，楊平西雖然說以後還能做朋友，但自己要是真的走了，他們之間就隔著一條溝了。她相信楊平西的為人，他不會記恨她，甚至她下次來，他還是會好好招待她，但也僅限於此了。

不知怎的，袁雙心裡有些不甘。

「誰說我要走的？」袁雙說。

楊平西掀眼：「妳找我不是要說回北京的事？」

「當然不是，我說過，我做事不喜歡半途而廢，既然答應你至少要留在『耕雲』三個月，那我就不會提前一分一秒離開。」

楊平西眉頭一抬，問：「妳確定？」

「嗯。」袁雙倒打一耙，睋著眼語氣森森地質問道：「楊平西，不會是你反悔了，不想留我了吧？」

楊平西神色在在地一笑，有股釋然的意味，說：「我不會反悔，只要妳願意留，多久都行。」

袁雙這才滿意地哼了一聲。

「看來『美男計』還挺管用。」楊平西挾著笑說。

袁雙瞪眼：「哎，你別誤會啊，我留下來可不是因為你，是因為我言而有信，講江湖道義！」

「嗯。」楊平西低頭，眼底韞著笑意，過了一下又抬起頭問：「既然妳不是來辭行的，那一大早起來找我什麼事？」

「呃……」袁雙卡了下，隨機應變編了個理由，說：「肚子餓了，找你幫我做份炒麵。」

楊平西挑眉：「昨天不是說不稀罕我炒的麵？」

袁雙敲敲桌子，一副大姐大的派頭，趾高氣揚道：「楊平西，你想好了，你的『試用期』從今天正式開始，你的表現可關係到考核結果。」

楊平西雙手撐在吧檯上，聞言垂首笑了，認栽般地點點頭說：「行，這就幫妳做，等著。」

袁雙見楊平西真聽使喚去廚房幫她弄吃的，樂得坐在高腳凳上轉了一圈。昨晚到剛才，想到要和楊平西辭別，她的心情一直很沉重，好像背信棄義似的，現在決定要留下來，她反而格外輕鬆。

算了，既來之則安之，她很快說服了自己。

清晨山裡空氣清新，深林裡不時傳來早起的鳥兒的啁啾聲，一陣風過，萬葉留聲。

袁雙站在店門口伸了個懶腰，做了幾次深呼吸，活動肩頸時低頭正好看到一個女生背著個背簍走上來。

袁雙本以為這女生是要進山裡，結果她也不往上走，就站在了「耕雲」門口，對自己友善地笑。

「妳是來……找人的？」袁雙打量了那女生一眼，看她穿著，顯然是在地人，住店的可能性很低，所以她猜她是來找人的。

那女生盯著袁雙的臉看，半晌沒接話，只是指了指店裡。

「快進來快進來。」袁雙只當她是默認了，很快就進入了角色，露出親切地笑，店小二一樣把人迎進店裡：「妳來找楊平西的吧，先坐，我去喊他出來。」

那女生還是沒說話，只是看著袁雙的眼神變為了驚奇，還帶著些探究的意味。

袁雙走到另一側的樓梯口，對底下喊：「楊平西！」

沒多久，楊平西端著一盤炒麵出來，語意懶散道：「有這麼餓？」

「有人找你。」

袁雙等楊平西上樓，接過他手裡的盤子，朝那女生示意了眼。

楊平西順著袁雙的目光看過去，見到人，很自然地走過去打了個招呼：「阿莎。」

被叫阿莎的女生點了下頭，楊平西放慢語速問：「妳媽媽的身體怎麼樣，好點了嗎？」

阿莎又點了下頭。

「店裡最近沒什麼事，妳不用急著趕回來。」

阿莎搖頭，取下背上的背簍遞給楊平西。

「不是說了，不用帶菜過來。」

阿莎抬起手一陣比劃，袁雙這才知道自己剛才為什麼覺得這女生有些古怪，一言不發的，原來她是個障礙者。

袁雙走過去，問楊平西：「這位是？」

「哦，忘了介紹了。」楊平西回過頭說：「阿莎，『耕雲』的前臺。」

楊平西說完又向阿莎介紹袁雙，說她是店裡新請來的「總經理」。

袁雙聽他說玩笑話，卻怎麼也笑不出來。

她怔怔地看著阿莎，心裡只有一個想法——楊平西的這家店到底還有多少驚喜是她不知道的？

第六站　旅店改革

袁雙坐在大廳裡，眼睛看著前臺，有一口沒一口地吃著楊平西幫她炒的麵。阿莎正和剛到的大雷在前臺聊天，一個說一個比劃，看起來還挺和諧的。

袁雙知道阿莎是聾啞人的那刻很驚訝，因為她能「聽懂」別人在說什麼，後來才明白原來她會讀唇，也難怪她總盯著別人的嘴看。

天光大亮，陸續有住客從樓上樓下來到大廳。袁雙看到虎哥從樓上下來，熟稔地和阿莎打了個招呼，對她說了幾句話，阿莎讀完唇後就拿出手機打字回覆。

袁雙這下算是知道阿莎平時都是怎麼和住客交流的了，靠打字。

袁雙不歧視任何障礙者，也主張社會要給這個族群多設置一些工作崗位，但崗位是要避開他們身上的缺陷的。前臺是旅店迎來送往的地方，要經常和住客打交道，如果不能說話，那溝通成本就會增加，工作效率也會大打折扣。

袁雙不明白，楊平西怎麼會把前臺的工作分配給阿莎？

她心裡覺得旅店的人員配置不妥當，但也沒提出異議。如果說昨天她還有一腔的熱情，想在這三個月內大展身手，好好體驗一把開旅店的感覺，那麼今天，在看到「耕雲」的諸多問題之後，她的雄心壯志已經蕩然無存。

袁雙決定，這三個月，她要擺爛。

擺爛第一步：不問不說不管，當隻鵪鶉。

「袁雙。」楊平西走過來。

袁雙回頭看他。

「我送幾個人去藜江，妳有東西要帶嗎？」

袁雙從北京出發時，做好了在雲南待一段時間的準備，所以行李也很齊全，沒缺什麼東西，就搖了搖頭，回道：「沒有。」

「也沒有想吃的？」

「什麼吃的鎮上沒有？」

「肯德基麥當勞。」

「……」袁雙工作的時候已經吃夠了速食，現在出門在外她可不想再吃了，遂再次搖頭：「早吃膩了。」

楊平西一笑，揣上鑰匙說：「我走了，有事妳找大雷。」

袁雙抬頭，想問楊平西送人去藜江市收不收錢，嘴才一張，就想起自己要擺爛，要當鵪鶉，便又閉上嘴，隨意地朝他揮了下手。

擺爛第二步：摸魚混日子。

楊平西走後，袁雙在大廳的書架上隨手拿了本書，坐在「美人靠」上翻看。雖然她的眼睛是盯著書本的，但心思卻不在書頁上，只要門口有人出入，她的注意力就會被吸引過去。

從早上到現在，入住「耕雲」的人寥寥無幾，退房的人倒是挺多。袁雙昨天在風景區裡問過工作人員，說通常上午九點過後就陸續會有從各地出發的遊覽車到達古橋風景區，按理說上午遊客量不會少，可旅店的入住率卻還是很低。

袁雙在一旁乾著急，抬眼見大雷和阿莎還有萬嬸都很淡定，似乎對店裡生意慘澹的情況見怪不怪了。她本來想拉大雷一起去山下了解下情況，順便拉拉客，書剛闔上，忽然記起自己要擺爛，要摸魚，便又打開書，無心地看了起來。

擺爛第三步：享受。

以前工作忙的時候，袁雙就想過上吃飽睡睡飽吃的悠哉日子，現在在「耕雲」就差不多是這樣的狀態。大雷他們各幹各的，也不叫她幹活，她就放平心態，純當自己是來度假的。

上午，袁雙無事可做，生生把一本遊記看完了。中午萬嬸做了飯，大雷喊她吃飯，她放好書後走過去，看到桌上擺著的豐盛的菜餚時，忍不住倒吸一口氣。

「楊哥剛才打電話給我，說有事耽擱了，現在在路上，讓我們先吃。」大雷說。

「那中午就我們幾個吃？」袁雙問。

「還有兩個拼餐的客人。」

「兩個？」

袁雙點了點人頭，店裡的人加上拼餐的兩個人也就六七個人，這一點人做這一大桌子菜，能吃得完嗎？

她張了張嘴，剛想說這麼多菜是不是有點鋪張浪費，轉念想到自己要擺爛，要享受，就把話又嚥進了肚子裡。

一頓飯下來，袁雙吃得無滋無味的，也不知道為什麼心裡就是憋得慌，沒胃口。她一開始以為自己是疰夏，可藜東南的夏天根本不算熱。

幾個人，一大桌菜，自然吃不完。袁雙看著那些剩菜，實在是忍不了了，把大雷拉到一邊，問：「店裡每頓飯都做這麼多菜？」

大雷不明所以，撓了撓頭說：「差不多吧。」

「拼餐的人數不是事先就定好的嗎？按人頭來做飯不行嗎？」

「以前是這樣的，但後來楊哥說每個人的飯量不一樣，有的人吃得多，做少了怕客人吃不飽。而且有時候到了吃飯時間還會有新的客人想拼餐，楊哥就讓萬嬸多做一點，說做多了總比不夠吃強。」

袁雙深吸一口氣，再問：「拼餐一個人收多少錢？」

「二十。」

「二十？」袁雙拔高音調，語氣裡透著不可置信。

一桌這樣規格的菜，有魚有肉有湯，基本上都是貴的菜，才收二十？這比飯館便宜太多了，撇開人工費不說，就是食材費都不一定能回本。

袁雙相信楊平西不會虧待萬嬸，那這錢就是他自己墊的，她想到自己的分紅，頓時一陣肉疼。

楊平西這個敗家爺們！

「啊？」

袁雙做了個深呼吸，平緩了下情緒，問大雷：「你老實告訴我，楊平西是不是富二代？」

「他是不是不答應家族安排的聯姻才跑出來開旅店的。」袁雙上上下下反覆打量著大雷，若有所思地問：「你是他家裡派來的眼線，就等著合適的時機告訴他，『少爺，老爺已經氣消了，你快回去繼承家業吧』，對吧？」

大雷捂著肚子哈哈大笑，話不成句地說：「姐……哈哈……妳狗血電視劇看太多了。」

袁雙皺眉：「所以楊平西家裡不是開公司的？」

他家裡沒礦還敢這樣做生意？這不是虧得一乾二淨嗎？

大雷止了笑，說：「其實說起來，楊哥的爸爸以前算是個企業家。」

「以前？」

「嗯，他爸的公司去年破產了。」

袁雙心頭一緊，突然有點同情楊平西：「楊老闆還挺慘的。」

「哎，沒什麼，楊哥早就習慣了。」大雷豁達道：「這也不是楊叔第一次破產，前幾次他投資酒莊、茶莊、飯店統統失敗了。」

袁雙：「……」

原來楊平西不會做生意是有家學淵源的，他和他爸可真是一對臥龍鳳雛。

楊平西用做慈善的方法來做生意，做最多的事賺最少的錢，有時候還是做白工，他這樣越勤快反而虧得越多，別人勤勞致富，他勤勞致窮。他的店能堅持到現在還沒關門，算得上是一個奇蹟，但再這樣折騰下去，倒閉也是遲早的事。

袁雙想起自己的分紅，覺得再不做點什麼，「耕雲」的收入怕不是要呈負增長，這三個月她說不定還得貼錢給楊平西！

在其位謀其職，袁雙擔了個「總經理」的虛名，為了自己的錢包著想，看來是不能繼續擺爛了。

「大雷，把旅店以前的帳本拿給我看看。」袁雙緩一口氣說。

「姐，店裡沒有記帳的習慣。」

「什麼？」袁雙皺眉，「不記帳？」

「嗯，店裡就一個帳戶，是楊哥的。」

「那店裡的流水你都不清楚？」

大雷搖頭，說：「姐，這事妳得問楊哥，平時店裡的收入和支出都走他的帳，我們買東西都是直接找他報銷的，每個月薪水也是他準時轉給我們的。」

袁雙算是明白「耕雲」的營利模式了——該賺的不賺，不該賺的一定不賺；該花的花，不該花的也花。

旅店每個月不管賺多賺少，楊平西都概括承受，絕不虧待員工，這也難怪大雷他們對店裡的經營狀況一點都不著急。

楊平西可真是感動國家的好老闆，袁雙頭疼地拍拍腦門，不知道自己現在不要分紅，也和大雷一樣拿死薪水行不行。

「耕雲」積弊已久，旅店的營業狀況如果想徹底好轉，就勢必要來一場大改革，而現在店裡最大的弊端就是楊平西這個老闆。

袁雙想，這樣下去不行，她得「造反」，得「謀權篡位」。

「哥，回來啦。」大雷忽朝門口方向喊道。

說曹操曹操到，袁雙轉身，氣勢洶洶地盯著楊平西，朝他勾勾手說：「楊平西，我們聊聊。」

楊平西感覺到袁雙眼底有火花在刺啦作響，愣了下，看向大雷。

大雷朝他聳了下肩，露出一個自求多福的表情。

楊平西跟著袁雙走到角落的位子坐下，抬眼見她一臉肅然，不由問：「誰招妳惹妳了？」

袁雙：「你。」

「我？」楊平西笑：「我出門還惹到妳了？」

袁雙正襟危坐，一本正經地問楊平西：「聽大雷說，店裡從來不記帳？」

「嗯，沒必要。」

「以前你一個人當家是沒必要，但是以後很有必要。」袁雙敲敲桌子，問：「你之前說給我四成分紅，作數嗎？」

楊平西挑眉：「當然。」

「那我是不是有權過問店裡的收支情況？」

袁雙說得還算委婉，楊平西卻聽明白了，他笑著點了點頭：「妳想怎麼過問？」

「以後店裡每天的收入情況你得和我說，一個款項都不能漏！」

「行。」

「支出得申請，不能隨便花錢！」

「……好。」

袁雙很滿意楊平西配合的態度，便不再那麼強勢，語氣放柔和了些，說：「我覺得『耕雲』的經營模式存在一些不足，我想整改一下。」

「可以，妳看著辦。」楊平西說得隨意。

袁雙本來做好了和楊平西據理力爭的準備，卻沒想到他這麼輕易就答應了讓她整改，把大權讓渡給她，好像這店不是他的一樣。

「你都不問我要整改哪些地方？」

楊平西回說：「妳覺得哪些要改，就改，不用問我意見。」

「真的？」

「嗯。」

袁雙仍覺得驚訝，問：「你這麼相信我，不怕我把你的店折騰關門了？」

楊平西哂笑，反問：「會嗎？」

「當然不會！」袁雙心想說，你這店再怎麼折騰，難道還能更糟不成？

「那妳就放手去做。」楊平西一副甩手掌櫃的模樣，看著袁雙說：「妳之前不是說我的旅店遲早會關門，我請妳，就是想讓妳來幫『耕雲』起死回生的。」

袁雙被捧得高高的，心情一下子舒坦了，臉上也露出了笑意。

楊平西見她總算是笑了，嘴角也不由上揚。他身子微微往前傾，注視著袁雙的眼睛，問：「事情說完了？」

袁雙忖了下，回道：「差不多了。」

「那我現在能去吃飯了？」

袁雙這才想起楊平西從市裡趕回來，飯都還沒吃，剛才他也不說，她喊他聊聊，他就真的餓著肚子陪她聊。

袁雙心頭一動，笑意便蔓延到了眼底。她對著楊平西大手一揮，豪氣道：「去吧，多吃點，今天中午的剩飯剩菜沒吃完不許下桌！」

楊平西：「……」

下午，楊平西叫了朋友來旅店，把店裡所有房間的老式鎖頭都改成了內外串通的通芯鎖，還把門後的插銷都拆下，換成了防盜鏈。

安裝了通芯鎖後，就算房門從裡面被反鎖了，但只要有鑰匙，外面的人就能打開門，這就避免了像昨天那樣的突發事件。

換了鎖，袁雙安心了許多，但看到帳單的那刻還是免不了肉疼。

她想要是在答應楊平西留下來之前就先讓他把鎖換了多好，這事先後順序一變，這換鎖的錢就成了他們共同承擔的了。

失算！

了結了旅店的一個隱患，袁雙又開始琢磨起了別的事。

「耕雲」到底是一間旅店，要有人住才賺錢，雖然現在住底層床位房的人多，但樓上的單人房間卻基本空著。

袁雙剛入行的時候，飯店行業的老前輩就告訴過她——房間空著就等於是虧錢。當務之急，她得想方設法地把「耕雲」的入住率提高。

歇了口氣，袁雙喊來楊平西，說：「走，跟我下山『拐』些遊客上來。」

「現在？」楊平西看了眼時間，快四點了，他說：「這個時間，在風景區裡的遊客都還沒出來。」

「那就去車站等。」

「下午到鎮上的遊覽車很少。」

「少又不是沒有。」

楊平西還想說什麼，見袁雙很堅持，便點了頭：「走吧。」

黎山鎮客運站的停車場是露天的，售票廳雖然能坐能乘涼，但袁雙擔心坐裡面不能及時看到從外地來的遊覽車，會錯過拉客的最佳時機，便拉著楊平西在室外的陰影處等著。

七月正是酷暑，即使是藜東南，在戶外也是熱的。

楊平西見袁雙出了汗，輕推了下她說：「外面太熱，妳去售票廳坐著，車來了我喊妳。」

「太遠了，等你喊我，遊客都被別的旅店拉走了。」

「不會。」

「怎麼不會？」袁雙拿手搧了搧風說：「你以為所有人都像你一樣佛啊，我告訴你，現在所有行業都競爭得很，躺平是躺不贏的。」

楊平西失笑，看了袁雙一直搧動的手一眼，道了句「等著」。他離開停車場，沒多久就拿著個手持小風扇回來。

「拿著。」楊平西把小風扇遞過去。

袁雙接過，對著自己的臉和脖子吹了吹，頓覺一陣舒爽。

「這個你從哪拿的？」

楊平西回道：「售票廳。」

「你有朋友在這工作？」

「算是。」

袁雙看了粉色的小風扇一眼，輕飄飄地說：「是女生吧？」

楊平西剛從口袋裡掏出菸盒，正打算走到一旁把最後一根菸點了，聽袁雙這麼說，又把菸塞了回去，回過頭謔笑著說：「妳還吃這個醋？」

「我沒有。」袁雙立刻否認，說急了還覺得說服力不夠，就把風扇對著楊平西的臉一陣吹，忿忿道：「楊平西，我警告你啊，把你的那點小心思收一收。」

楊平西被風吹瞇了眼，問：「我有什麼小心思？」

袁雙哼一聲，用一副了然於胸的口吻說：「還不就是男人那一套，讓一個女人動感情，然後讓她放棄一切，心甘情願地留下來。」

楊平西「呵」了一聲。

「我告訴你，我從來不會感情用事，要不要留下來，這三個月我自己會有判斷，你別妄想干擾我。」

楊平西又打開菸盒，拿出最後一根菸，在菸盒上點了點。默了幾秒，他抬頭問：「妳的意思是……三個月之後就可以對妳有小心思了？」

袁雙心頭愣了下，正要說什麼，餘光看到一輛遊覽車緩緩駛進停車場。她一時也顧不上去反駁楊平西的話，深究自己心臟驟緊的原因，邁開腿就往遊覽車的方向走。

這輛車是從藜陽來的，車上坐滿了遊客，袁雙等遊覽車門一開，立刻迎上去問從車上下來的遊客要不要住店，結果問十個，有九個回答說已經訂好了飯店，還有一個知道「耕雲」在山上時，就婉拒了她的邀請，說還是想住在鎮上，方便。

袁雙不死心，又等了一輛車，結果還是差不多。

楊平西去售票廳要了一瓶水，回來見袁雙沮喪地蹲在陰影裡，悶悶不樂的，就走過去，在她身邊蹲下，擰開瓶蓋遞給她。

袁雙接過水喝了兩口，分析道：「古橋風景區那麼大，沒有一天是逛不完的，很少有遊客會在午後進風景區，值不回票價。」

「嗯。」

「下午來黎山鎮的遊客都是提前做好了準備，訂好了飯店，要在鎮上住一晚，明天再進風景區裡玩的。」

「嗯。」

「所以下午很難拉到客。」

「嗯。」

「難怪別的旅店沒來搶人。」

「嗯。」

袁雙聽楊平西「嗯嗯嗯」的，倏地轉過頭問：「你早知道會這樣？」

楊平西頷首：「嗯。」

「那你怎麼不早和我說？」袁雙質問道。

「我說了，妳肯聽？」楊平西看她。

袁雙張了張嘴，最後又閉上了。

確實，以她的性子，不撞一次南牆是不知道回頭的，就算之前楊平西和她說了下午難拉客，她也不會相信，只會當他又在佛系做生意。

袁雙瞥楊平西一眼，他明知道下午有很大機率拉不到客，還一句怨言都沒有，陪她在山下等那麼久，果然是感動國家的好老闆。

「我早該想到的。」袁雙嘟囔了句：「看來還是要早上來拉客。」

「雖然早上來的遊客多，但是一大半都是當天走的。」楊平西說。

「那不是還有一小半。」袁雙擰上瓶蓋，站起身，低頭對楊平西說：「走吧，明早再來。」

楊平西本來還擔心袁雙受挫，心情會被影響，此時見她毫不氣餒，仍是鬥志滿滿，不由低頭一笑，不再潑她冷水。

他們鳴金收兵，要打道回府時，正好一輛遊覽車駛進了停車場。

袁雙本著「絕不錯過一個潛在住客」的原則，又迎了上去，這次她倒是沒撲空，可也不算百分百收穫，因為撲到的人是她和楊平西都見過的。

「楊老闆，我們正想找你呢，你怎麼就出現了……還有雙姐，妳也在呢，好巧啊。」遊覽車上下來三個女生，她們一見到楊平西就格外激動。

袁雙看到之前一起共乘去大瀑布的三個女生也有點意外，但轉念又覺得情理之中，畢竟她們上次就說過之後要來藜東南玩。

短髮女生還是那麼活潑，看著楊平西熱情道：「我還想下車之後傳訊息給你的，結果就遇到了你……們。」

「雙姐，妳之前不是說不來藜東南嗎？怎麼也來了？」短髮女生的目光在袁雙和楊平西之間逡巡了一圈，狐疑地問：「你們不會是一起的吧？」

袁雙：「不是。」

楊平西：「是。」

三個女生：「……」

袁雙見她們的眼神充滿了懷疑，好像之前共乘是被騙了一樣，趕忙解釋道：「我和妳們是同一天認識楊老闆的，後來出了點意外，我陰差陽錯地就來到了藜東南，又陰差陽錯的，留在了他店裡幫忙。」

「所以你們……不是開『夫妻店』？」

「不是！」袁雙馬上否認。

短髮女生一聽，像是鬆了口氣，立刻笑著問楊平西：「楊老闆，你的旅店還有房間嗎？」

「有。」楊平西應道。

他話音剛落，袁雙就接著說：「妳們來得正是時候，這兩天店裡人少，大床房、標準套房都有。」

「還有床位房。」楊平西補了句。

「……」袁雙就沒見過楊平西這麼耿直的商人！

「床位房就算了，我們不習慣和陌生人一起住。」短髮女生說。

袁雙一聽，正中下懷，便說：「店裡有單人房間，走，帶妳們上去看看。」

「上去？」

袁雙遙指黎山寨，說：「楊老闆的店在苗寨裡。」

袁雙說完端詳了下三個女生的表情，擔心她們和別的遊客一樣，嫌旅店高，不願意走。

「哇，酷。」短髮女生讚嘆一聲。

袁雙心口一鬆，準備好的說辭也不說了，轉過頭給楊平西使了個眼色，說：「你打個電話給大雷，讓他下來幫忙提行李。」

楊平西頷首，走到一旁掏出手機打電話。

明明楊平西才是老闆，可袁雙指揮起他一點都不帶猶豫的。短髮女生見了，若有所思地看了袁雙一眼，說：「雙姐，楊老闆怎麼這麼聽妳的話，好像妳才是老闆。」

袁雙噎了下，回想起來，自己對楊平西是有點「以下犯上」，不像員工對待老闆的態度。「啊，是因為楊老闆人很好，不會和我計較。」袁雙打著哈哈，說完就回頭去看楊平西。

楊平西打完電話走回來，對袁雙說：「大雷馬上下來。」

「行。」

露天的地方太晒，袁雙張望了下，指著停車場外的樹蔭說：「我們去那等著，涼快。」

「妳們先過去。」楊平西說。

袁雙下意識問：「你幹嘛去？」

楊平西低頭看著袁雙，忽然記起什麼，「嘖」了聲問：「我買包菸，可以嗎？」

袁雙立刻覺得有三道目光落在了自己身上，一時如芒在背。她盯著楊平西，咬著牙沉著聲說：「你買菸問我幹什麼？」

「不是妳讓我支出要申請？」

「……」袁雙頓時覺得那三道目光更犀利了。她挺直背，湊近楊平西，話幾乎是從牙縫裡擠出來的：「私人支出就不用問了！」

楊平西笑：「妳沒說清楚。」

袁雙氣結，嫌棄地催道：「你趕緊走吧。」

袁雙把楊平西趕走後，平復了下情緒，才轉過身，露出營業性的笑，打著馬虎眼說：「楊老闆就是這樣，愛開玩笑，幽默，呵呵。」

三個女生相視一眼，也回以乾巴巴的笑：「呵呵。」

大雷下了山，楊平西也買了菸回來，袁雙領著三個女生走在前面，讓兩個男人提著三個行李箱殿後。

袁雙她們沒有負重，腳步輕快些，所以更早到達「耕雲」。到了店，「寶貝」就撲了過來，牠圍著三個女生轉了一圈，在收穫一片「好可愛」、「好萌」的讚譽之後，大剌剌地在袁雙腳邊坐下。

袁雙忍俊不禁，心想這狗還分得清親疏，知道她現在是店裡的人，就和她套近乎。

「走，我帶妳們去看看房間。」

袁雙向阿莎要了房間鑰匙，領著三個女生去後堂和三樓看了看房間，讓她們挑選心儀的空房入住。她們三個要住一間房，出於對空間和視野的考慮，最後就決定了一間大床房。

選好房間，袁雙和她們一起下樓，正好楊平西和大雷也到了。

「阿莎，妳幫她們辦下入住。」袁雙看著阿莎一字一句說。

阿莎點了點頭，抬手對三個女生比了個「方框」的手勢。

短髮女生好奇地瞧著阿莎，心直口快道：「妳是啞——」

「阿莎是讓妳們出示一下身分證。」袁雙打斷短髮女生的話，笑著轉圜道：「阿莎會讀唇，妳們說慢點，她看得懂。」

楊平西不經意地看了袁雙一眼，眼底閃過一絲笑意。

「啊，哦。」短髮女生似乎也反應過來自己剛才失言了，忙招呼兩個姐妹拿身分證。

袁雙看了身分證，才知道短髮女生名叫趙子涵。

「大床房住一晚多少錢啊？」趙子涵問。

阿莎用手指比了個數字。

「兩百？」

阿莎點頭。

趙子涵的眼睛骨碌一轉，看向楊平西，眉眼一彎，捏著嗓笑著說：「楊老闆，我們也算是半個熟人了，沒有優惠嗎？」

楊平西想她們也算是回頭客，便說：「那就打——」

「九五折！」袁雙迅速截斷楊平西的話。

「才九五折啊。」趙子涵顯然不是很滿意這個折扣。

袁雙露出職業性的微笑，不慌不忙地說：「妹妹，大床房的房費已經很優惠了，妳可以上網搜搜，風景區周邊的飯店旅館，這樣規格的房間，就數『耕雲』最便宜了。」

袁雙這話可不是糊弄人的，昨晚她就比對過了，「耕雲」的房費在黎山鎮的飯店旅館中是最低的，而且差的不是一星半點。雖然吊腳樓隔音差了點，但設備和衛生各方面都不錯，視野絕佳，在風景區，這樣的房費已經是良心價了。

「大床房就剩最後一間了，也就是妳們和楊老闆有緣，所以他才給妳們優惠價，不然平時都不會打折的。」袁雙曉之以情，趙子涵打感情牌，她也打。

大雷聽這話覺得有點不對勁，就想了下現在睡在另外兩間大床房的人，一個是虎哥，另一個就是袁雙。這兩人入住的確沒有打折，因為根本就沒收錢，這麼一想，他又覺得袁雙沒說假話。

「妳們住這早上能看日出，晚上能看寨子的夜景，大廳裡還能喝酒聊天玩遊戲看電影……」袁雙說得口乾舌燥，餘光瞥到楊平西好整以暇地站在旁邊，像個局外人一樣，事不關己、心安理得地看著她唾沫橫飛，最可惡的是他還笑！

她氣不過，也不循循善誘了，直接伸手把楊平西往跟前一拉，對著趙子涵她們說：「住這還能喝到楊老闆調的酒。」

「楊老闆還會調酒？」

袁雙從楊平西身後探出腦袋，接上話：「何止呢，楊老闆還會炒麵。」

趙子涵的眼睛頓時亮了，問：「那我們有機會嘗嘗楊老闆的手藝嗎？」

「可以。」袁雙拍拍楊平西的肩，像推銷商品一樣說：「付點小錢，楊老闆就會竭誠為妳們服務。」

楊平西：「……」

「這樣好。」趙子涵看了楊平西一眼，轉過頭樂呵呵地掃碼付了房費。

搞定三個女生，袁雙讓大雷幫她們把行李提上樓，等人走後，她倚在前臺，示意阿莎倒杯水給她。

一杯水下肚，袁雙解了渴，才看著楊平西說：「早知道你這麼管用，我就不費半天力氣了。」

「妳就這麼把我賣了？」楊平西垂眼看著袁雙。

「這怎麼能叫賣？這叫……行銷。」

楊平西面無表情地呵笑一聲。

袁雙點點桌子，問楊平西：「你剛才是想幫她們打幾折？」

「八折。」

袁雙心算了下，八折打完，大床房就和標準套房同個價錢了，這比她們住床位房多賺不了多少錢。

「你以前都這樣，別人說打折你就打折？」袁雙問。

「看情況。」楊平西說。

「什麼情況？」

「我在不在店裡。」

「……」

袁雙這次沒忍住，直接仰頭望天花板，半晌後說：「你以後沒事別待在店裡了。」

楊平西嘴角一牽，說：「袁雙，這是我的店。」

「你還知道這是你的店？」袁雙回過頭盯視著他，恨鐵不成鋼道：「是你的店你就應該多想想怎麼增加店裡的收入，而不是隨隨便便就幫人打折！」

「還有，不要隨隨便便幫人升房！」

「再有，不要隨隨便便就免費給人當司機，現在油費很貴的！」

楊平西饒有興味地聽著袁雙吐槽似的「命令」，末了還平心靜氣地問：「沒了？」

袁雙長吐一口氣，無力道：「你先做到這幾點。」

袁雙說完，楊平西還沒表態，阿莎就先笑了。她出不了聲，但臉上的笑意是擋不住的。

「阿莎，妳笑什麼？」袁雙不覺得自己說的話很好笑，她明明在說事關「耕雲」生存的的大事。

阿莎對上袁雙的眼睛，費力地憋住笑，抬手比劃了幾下。

「她在『說』什麼？」袁雙找楊平西翻譯。

楊平西語氣淡淡道：「她說，妳提出的這幾點，我都做不到。」

「……」袁雙一口氣哽住，牙齒咬得嘎吱作響，看著楊平西壓下聲說：「你答應過的，我想整改什麼都行。」

楊平西彎腰要去摸「寶貝」的腦袋，聞言動作一頓，抬眼問：「妳想整改我？」

「嗯。」袁雙下巴一挑，坦白說：「我覺得你對『耕雲』的經營策略很有問題。」

「哪裡有問題？」楊平西慢條斯理地問。

「哪裡都是問題。」

楊平西聞言眉頭微皺，臉上這才有了點表情。

就在袁雙以為楊平西會覺得自己作為老闆的權威被挑戰而生氣時，下一秒就聽見他說：

「行。」

袁雙：「嗯？」

「這三個月我聽妳的。」

袁雙輕吐一口氣，心情鬆泛了些，就又給了他一個忠告：「你要是想把『耕雲』開下去，最好三個月之後也照我說的辦。」

「妳留下。」楊平西直起身說。

「什麼？」

「想讓我一直聽妳的，除非妳留下。」楊平西的語氣裡帶了些謔意，又恢復了平時散漫的狀態。

袁雙的心口又是一緊，楊平西這話掐頭去尾的，即使身在語境中，也很容易讓人誤會。

從始至終，袁雙一直認為長久地留在「耕雲」是不可能的事，該去該留她心裡早已有了決斷，但她並不想現在就把話說得那麼直白，畢竟之前她和楊平西說過，要在三個月考察期後再做決定。

「看你表現。」袁雙四兩撥千斤，避開了正面回答。

大雷把三個行李箱搬上樓，趙子涵她們安置好後很快就下了樓，迫不及待地要喝楊平西調的酒。

袁雙把楊平西推進吧檯裡營業，一邊又回頭笑著讓趙子涵她們掃碼付款。

就在這時，萬嬸圍著圍裙從廚房上來，喊了一聲：「飯好了，小楊大雷，可以把桌子併一併，吃飯了。」

袁雙聽到萬嬸的話才想起拼餐這回事，她中午就覺得店裡頓頓做大餐太鋪張了，這樣下去實在不行。她本來想提醒萬嬸晚上少做點菜的，結果下午一忙，把這事忘了。

「你們要吃飯了啊？」趙子涵回頭見大廳裡很多住客都坐上了桌，便問：「楊老闆，我們能一起吃嗎？」

「可以。」楊平西習慣性地回答，說完記起「耕雲」現在不是他做主了，就轉頭看向袁雙。

袁雙接收到楊平西投來的眼神，心想萬嬸做都做了，與其浪費，不如多收幾個人一起拼餐，好歹還能挽回一些損失。所以她沒發表什麼意見，只是指了指收款碼，告訴趙子涵她們，拼餐費每人二十。

楊平西調了三杯酒，趙子涵她們一人拿著一杯，開開心心地就去了餐桌那，對著一大桌子菜驚嘆。

「走，吃飯。」楊平西擦了擦手，對袁雙說。

袁雙還在懊惱忘了提醒萬嬸這事，想到那一桌子回不了本的菜，她心裡就來氣，不由瞟了罪魁禍首一眼，無情道：「晚上的菜沒吃完，你不能下桌。」

楊平西中午就是在袁雙的監視下吃撐了，現在聽她這麼說，只覺得胃部一抽，還沒吃就飽了。

晚上這頓飯，楊平西不讓飯桌上的人喝酒，只讓他們多吃菜，因此也惹來了虎哥他們的抱怨。楊平西不理，等桌上的菜都掃光了才拿了兩瓶酒過來，這時候所有人都已經撐得喝不下了，最後那兩瓶酒又原封不動地放了回去。

飯後，大廳裡的人玩的玩，鬧的鬧，看電影的看電影。袁雙等楊平西收拾好餐桌，朝他勾了勾手，然後楊老闆就在眾人驚訝又好奇的目光中，聽話地跟著袁雙去了前臺。

虎哥坐在「美人靠」上消食，見狀撫著下巴問大雷：「你覺不覺得，老楊越來越像他養的那隻狗了？」

大雷大逆不道地點了點頭，說：「是有點。」

「都說狗隨主人，怎麼你們老闆還反過來？」

大雷也納悶：「楊哥以前不這樣啊。」

「英雄難過美人關，我看吶，『耕雲』就要有老闆娘了。」

袁雙不知道大廳裡的人在討論自己和楊平西的關係，她喊楊平西，不是為了談情說愛，只是為了對帳。

店裡的收款碼是楊平西個人的，袁雙要對帳，就要用他的手機。手機是非常私人的物品，袁雙本來是讓楊平西把今天的收付款頁面截圖下來傳給她，但他嫌麻煩，直接把手機解了鎖丟給她。

「你不怕我看到不該看的？」袁雙拿起楊平西的手機晃了下。

「比如？」

「和美女的聊天紀錄？」

楊平西不以為忤，看向袁雙，漫不經心地說：「這樣的聊天紀錄用妳的手機就能看。」

袁雙先是不解，慢半拍才反應過來楊平西這話的意思，心裡頓時像是被蜜蜂螫了一口，麻麻的，卻又撓不到。

她的嘴角不自覺牽起，又愣是擺出一副「我不吃這套」的模樣，瞥了楊平西一眼，不屑道：「小把戲。」

楊平西看著袁雙帶笑的雙眸，心情蕩漾，不由垂首低笑了聲說：「管用就行。」

「耕雲」線上平臺的訂單很少，而且基本上訂的都是床位房，袁雙在網站後臺瀏覽一遍就大致了解了情況。線下的訂房訂單阿莎都做了紀錄，袁雙只需稍微過目下，也就清楚了。

袁雙本以為耕雲的收支結構簡單，對帳會很容易，但在看到楊平西手機上長長的帳單明細後，她不由瞠目結舌。

「這是一天的帳單？」袁雙不可置信地問。

「嗯。」

「這麼多？」袁雙滑著螢幕，看著上面零碎的金額，大的幾百，小的幾塊，什麼數字都有。她看不出規律，忍不住問：「這些都是什麼收入？」

楊平西探過腦袋：「妳問哪一單？」

「這個，怎麼會有五塊錢的進帳？」袁雙隨便指了一單問。

楊平西的表情居然也有些疑惑，他看了眼入帳時間，忖了下說：「應該是哪個客人付的早餐錢。」

「下面這單八塊錢的呢？」

「和上面那單的交易時間差不多，應該也是早餐錢。」

袁雙皺眉，問：「店裡的早餐定價是多少？」

「免費。」

「……」

楊平西解釋說：「『耕雲』不賣早餐，但有的客人起得早，我會讓萬嬸多做點，一起吃。」

「那這早餐錢是怎麼回事？」

「客人自己付的。」

袁雙再次露出驚訝的表情：「他們自己付的錢？」

「嗯。」楊平西看了手機一眼，同一時段進帳的數額有五塊、八塊、十塊不等，他覺得有意思，笑著道了句：「還是看飯量付的。」

袁雙只遇過想盡辦法要優惠要折扣要免費的顧客，還是第一次見到免費的早餐不吃，上趕著花錢的客人，居然還不只一個，不由覺得稀奇。

她又往下滑了下螢幕，看到有個兩百元的進帳，問楊平西：「這是虎哥付的房費？」

「不是。」楊平西對這筆錢有印象，很快就回道：「早上幾個客人要趕火車，鎮上去市裡的巴士沒這麼早發車，我就送他們去了火車站，這是車費。」

袁雙點了下頭，說：「我還以為你又免費給人當司機了。」

楊平西沒接話。

袁雙盯著他，瞇了下眼，試探地問：「這錢……又是客人自己付的？」

「嗯。」

袁雙再次訝然，不可思議地問：「他們有便宜不占，主動給你錢？」

楊平西見袁雙渾然不相信，笑了下，說：「妳不也是這樣的人？」

袁雙抿唇不語，看著帳單若有所思。

她拿出備好的本子把一筆一筆的帳核對好記下來，楊平西見了，問：「有必要每一筆都記的這麼詳細？」

「當然了。」袁雙邊寫邊說：「只有把帳本做實了，才能知道店裡哪些方面虧了，之後才能想辦法補救。」

店裡有兩個軟體的收款碼，袁雙對完這個軟體的帳單又去對另一個軟體的，她試圖把每一筆收入都弄清楚，到最後發現，不行。楊平西手機上的帳單零散，數額不一，很多錢他自己都不知道是怎麼來的，只能給出一個含糊的答案。

比如今天下午有個九十五元的進帳，楊平西說是酒費，但「耕雲」的酒類只有三種價格，十元、二十元、三十元，都是整數，就沒有零頭。

再比如傍晚的時候店裡有一連串的散錢進帳，袁雙透過時間推測出這些大概是拼餐費，但費用金額並不全是二十，幾個二十中間夾著二十五、三十甚至五十的數字，楊平西都不知道是什麼錢，帳單上也看不出是誰轉的。

袁雙把今天的帳單從頭到尾順了一遍，最後做出來的帳本是糊塗帳，帳面很不清晰，上面有很多「來路不明」的收入。

收入明細含糊，但進帳總額是很直觀的。袁雙驚訝地發現「耕雲」單日的營收竟然還可以，雖然不是很高，但比她預想的要好，沒到虧得一乾二淨的地步。

楊平西見袁雙看著自己記的帳一臉嚴肅，抬手在她眼前晃了下，問：「嫌賺少了？」

袁雙回神，說：「比我想的要好一點。」

楊平西挑了下眉，袁雙怕他得意，立刻又說：「只是一點，暫時餓不死就是了。」

「餓不死就夠了。」楊平西說得隨性，頗有一種活在當下的灑脫感。

「你就這點追求。」袁雙嫌棄了句。她低頭盯著帳本，眼珠子忽一轉，抬起頭喊楊平西：「楊老闆。」

楊平西一聽袁雙喊自己「老闆」，就知道她有事。他牽了下嘴角，下巴微挑，示意道：「妳說。」

袁雙往楊平西身邊靠過去，問：「之前你說給我分紅，是只給我房費的分紅，還是其他零碎的錢也分給我？」

她舉例：「比如你賣酒的錢，我有份嗎？」

「有。」楊平西一點都沒猶豫。

「載客的錢？」

「有。」

「拼餐的錢？」

「有。」楊平西垂下視線，對上袁雙在昏暗的光線下發亮的眼睛，哂笑一聲，說：

「『耕雲』所有的收入，妳都有份。」

袁雙心裡一喜，面上卻還是做出一副不好意思的模樣，做作道：「這不好吧，我沒入股，你釀酒調酒開車我既沒出錢也沒出力……」

楊平西一眼就看穿了袁雙的假客套，卻還是頗為贊同地點了點頭，悟道：「有道理，那不分妳了。」

「你敢！」袁雙立刻變臉，態度強硬了起來，聲音也不復溫柔。她磨了下牙說：「楊平西，你能把酒賣出去我是有功勞的，要不是我幫你拉客，店裡也不能有這麼多人來消費。」

前後不過幾秒，袁雙就「原形畢露」，楊平西聽她直呼自己的名字，覺得順耳多了。他低頭失笑道：「是，多虧了妳。」

他拿捏好分寸，也不再逗弄袁雙，噙著笑說：「我既然拉妳入夥，妳就是『耕雲』的人，一家人沒必要算得這麼清楚。」

「誰跟你是一家人。」袁雙雖然這麼說，臉上卻浮現出了笑意。

她見楊平西盯著自己的臉，眼神玩味，不由別開頭，斂起外露的情緒，再回過頭時以一種公事公辦的語氣說：「還有件事，店裡弄兩個付款碼不太方便，個人碼每天的收款額度也有限，我覺得還是要申請一個商家聚合碼，這樣不管客人用什麼軟體都能掃碼付錢，我們對帳也輕鬆些。」

「嗯。」楊平西懶散地點了下頭，全憑袁雙拿主意的樣子。

「那我用你的手機下載個軟體。」

楊平西想了下，說：「用妳的下載吧。」

「嗯？」

「這樣妳對帳方便。」

申請商家聚合碼需要用到法人的個人資訊，還要綁定法人的金融卡，袁雙見楊平西說得這麼輕巧，不由道了句：「你把金融軟體裝我手機上，就不怕我把錢捲走？」

楊平西不以為意，拿回自己的手機，篤定道：「妳不會。」

「萬一呢，你才認識我幾天，怎麼知道我不是個喪盡天良見利忘義的人？」

「直覺。」

袁雙聽到這個爛俗的答案，忍不住翻了個大白眼，說：「我看你就是要被騙一次，吃個大虧才能長記性。」

楊平西和很多人打過交道，自有識人的本事，一個人是不是喪盡天良見利忘義，不需要經年日久的考驗，有時候從一些細節就能判斷得出。

當然，他也明白袁雙這麼說是為了他好，因此並不反駁她的話，只是看著她勾唇一笑，說：「妳要是看上了『耕雲』的錢，不用鋌而走險，只做一攬子買賣，我想個更好的招數給妳，一勞永逸。」

袁雙兩手抱胸，洗耳恭聽。

「當『耕雲』的老闆娘，這樣不只接下來三個月，以後店裡的錢都是妳的。」

楊平西說得一本正經，袁雙聽得額角直跳，瞪著他說：「你這是想讓我『賣身』給你？」

楊平西還笑著，毫不在乎地說：「我賣給妳也行，以後妳是老闆，我是……老闆郎？」

袁雙被氣笑了，嘴角不可遏制地往上揚，啐了楊平西一句：「想得美！」

楊平西就看著袁雙笑，末了對她說：「下載吧，我信妳。」

袁雙在職場裡摸爬滾打了幾年，被算計過也學會了算計人，知道人與人之間只要扯上利益，那就毫無信任可言。她已經習慣了人與人相處時有所保留，突然遇到楊平西這樣對自己毫不設防、赤誠相待的，心下不免動容。

「冤大頭。」袁雙輕聲說了句。

她拿出手機，下載了個軟體，要來了楊平西的各種資料註冊填寫，又拍了幾張旅店的照片上傳，最後提交資料，等待審核。

「你的資料我現在可都掌握了，我要是起了心思，只要耍點手段，就能把錢轉走。」袁雙把楊平西的身分證和金融卡推還給他，拿起自己的手機晃了下，說：「審核還沒通過，你現在還有後悔的機會，我可以立刻把軟體卸載了。」

「我的手機沒記憶體了，就裝妳那。」楊平西收起自己的身分證和金融卡，袁雙的話他根本不放在心上。

袁雙的唇角微微一揚，又問：「審核通過後金融機構會傳來帳號和初始密碼，帳戶登上去後可以修改密碼，改成什麼？」

「八個八？」

「……」

大廳那頭有人喊「楊老闆」，像是有什麼事，楊平西應了聲就要過去，走之前他低頭對袁雙說了串數字。

袁雙覺得楊平西說的幾個數字很熟悉，忍不住提筆寫了下來，她盯著本子仔細琢磨了一下，忽然發現這串數字就是她的生日日期。

她怔然，下意識去摸摸口袋，那裡放著楊平西託人從侗寨幫她帶過來的身分證。

袁雙愣了片刻，拿起筆去塗那幾個數字，劃著劃著，突然笑了一聲，說：「小把戲還挺多。」

阿莎的家不在黎山寨，而是在另一個山頭的苗寨裡，吃完晚飯，她就離開旅店了。

前臺無人，袁雙對完帳後就在那坐著。入了夜，在山下玩的住客陸陸續續地回來了，大廳裡人多了，喝酒的需求就上來了。

楊平西一個人忙不過來，袁雙就幫他搭把手，遞遞杯子送送酒水，也會和客人開開玩笑，一點都不怯場手生。

袁雙觀察了一整晚，總算知道店裡為什麼會有這麼多不明收入。楊平西只顧著調酒送酒，也不惦記著收錢，住客喝完酒都是自己掃碼付錢，他們也記不清自己到底喝了多少，就大略估算付了錢，這錢就變成了「耕雲」的一筆糊塗帳。

袁雙看在眼裡，不由嘆一口氣，在本子上多記了一條「耕雲」的待改事項。

深夜，大廳人散後，楊平西不讓袁雙幫忙收拾桌子，招呼她早點休息，袁雙也不和他客氣，上樓回了房間。

洗完澡出來，袁雙看到李珂打了通視訊電話，她沒接到，便找出耳機戴上，回撥了視訊電話過去。

『袁又又，妳真的打算留在藜州不回來了啊？』視訊甫一接通，李珂就劈頭蓋臉問了一句。

袁雙慶幸自己戴了耳機，雖然睡隔壁的虎哥還在樓下，但她還是壓低了聲音，回道：「不是不回去，是這三個月不回去。」

袁雙把和楊平西的約定告訴李珂，之後又嘆口氣悔道：「我就不該輕易答應他。」

『這不是挺好的嘛，妳以前總說想要開一家旅店，現在正好試試手，而且藜東南好山好水，還有個帥哥老闆作陪，就當度假了。』

「度什麼假啊，渡劫還差不多。」

袁雙忍不住把這兩天的事說給李珂聽，她細數「耕雲」經營上的種種弊端，楊平西花樣百出的賠本行為，最後長長地嘆息一聲，說：「我是上了賊船了。」

視訊裡，李珂盯著袁雙的臉看了半晌，忽然開口說：『妳很興奮。』

「嗯？」

『妳的眼睛裡閃爍著躍躍欲試的光芒。』李珂說：『雖然妳嘴上嫌棄這家旅店事多，但其實妳很期待在那裡大展拳腳。』

袁雙張了張嘴想要否認，最後還是作罷，她略有些彆扭地承認道：「我是有一點亢奮，只是一點啊。」

『看來在飯店工作的這幾年並沒有把妳的性子磨平，妳這人啊，骨子裡就喜歡刺激、挑戰。』李珂感慨了一句：『我看藜東南那地方適合妳，都把妳的本性激發出來了，妳乾脆就留在那別回來了。』

袁雙搖頭，說：「我就是覺得這裡新鮮，興許三個月過後我就待膩了。」

『也有可能三個月後妳就徹底留在那了。』李珂笑著湊近螢幕，賊兮兮地說：『我覺得妳的楊老闆是個妙人。』

袁雙立刻糾正道：「他不是我的。」

『以後說不定就是了。』

袁雙想到上次做的春夢，就是因為李珂不正經的暗示，不由瞪著手機說：「妳別扯些有的沒的，我和他相性不合。」

『哪方面不合啊？』

「我愛錢。」

李珂噗哧笑了，說：『我倒是覺得你們挺合得來的，就幾天功夫，處得跟認識了很多年的老友似的。』

袁雙沒否認這一點，她和楊平西相處的確自在，老熟人一樣，今晚還有住客調侃他們像老夫老妻。

李珂又說：『聽妳描述，楊老闆還挺有意思的，像隱姓埋名的江湖俠客，講義氣，熱心腸，性子灑脫，還不愛錢。』

「哪個俠客像他這麼落魄？他是生意人，又不是慈善家，不愛錢算怎麼回事？」袁雙呵呵一笑，損起楊平西，嘴下是一點也不留情。

『那我問妳，如果楊老闆是個見錢眼開、見利忘義的人，妳還會交他這個朋友嗎？』李珂一針見血地問。

袁雙噎住。

不是她不知道怎麼回答李珂的這個問題，而是她很清楚自己的答案。

李珂看穿了袁雙內心所想，不由瞇起眼睛，促狹道：『袁又又，妳就承認吧，其實妳很欣賞不愛錢的楊老闆。』

第七站　適得其反

袁雙又是一覺睡到自然醒。不知道是不是藜州的山水養人，來的這些天，除了第一天因為飛機事故心有餘悸外，之後幾天她都睡得不錯，再沒有像以前在北京時那樣，睡前輾轉反側，睡後時時驚醒，睡醒精神不足。

她沒賴床，醒後立刻起來洗漱換衣，俐落地化了個簡單的妝，又拿出從侗寨買的髮帶把頭髮綁起來，讓自己看起來俐落些。

收拾好形象後，袁雙從房間出來，推開走廊盡頭的小門，站在陽臺上伸了個懶腰，做了幾次深呼吸，這才下了樓。

楊平西也起來了，正在倒狗糧餵狗，袁雙笑著朝他打了個招呼：「早。」

楊平西看她表情明媚，心情不錯的樣子，牽了下嘴角，說：「店裡沒有固定的上班時間，妳可以睡晚點。」

「不起也行？」袁雙故意問。

楊平西頷首：「只要妳能睡。」

「我不起來幹活，你不是白僱我了？」

「沒休息好，幹活也沒力氣。」楊平西摸了摸「寶貝」的腦袋，抬頭看向袁雙說：「店裡沒那麼多活。」

別的老闆都恨不得把員工二十四小時釘在崗位上，榨乾剩餘價值，楊平西倒沒有殘酷剝削的做派，很講勞動法，還主動慫恿底下的人偷懶，簡直是老闆屆的良心楷模。

袁雙輕搖了下頭，說：「沒活是之前，今天可有得忙。」

她往門口方向張望了下，問：「萬嬸還沒來嗎？」

「沒那麼早。」楊平西起身，問：「餓了？我幫妳炒麵？」

袁雙看到楊平西手上的狗糧，覺得自己好像他養的另一隻寵物，他餵完「寶貝」又要來餵她。

「不用，我還不餓。」袁雙解釋說：「我是有事找萬嬸。」

「拼餐的事？」

袁雙點頭。

楊平西說：「我昨天晚上和萬嬸提過了，她今天不會再做那麼多菜了。」

袁雙眉間一動，心想楊平西吃撐了兩頓，總算是開竅了。

七點半左右，萬嬸來店裡做早餐，袁雙再次叮囑她，以後按照人頭來做飯，也別大魚大肉的，盡量做些經濟實惠的菜。

飯後，袁雙休息了一下就跟大雷要了店裡閒置著的木質小黑板，她把上面已經斑駁的

「歡迎光臨」四個字擦掉，然後一筆一劃地把自己擬好的店規寫上去。

她昨天晚上仔細想了下，雖然楊平西運氣好，遇到的客人大多都是好人，能體諒他辛苦的勞動，主動給予報酬，但做生意不能全靠運氣，把收入依仗在客戶的良心上，那樣未免過於被動。

袁雙從來都是把主動權掌握在自己手中的人，無規矩不成方圓，要想提高「耕雲」的營業額，她覺得有必要制定一些店規，把一些事情攤在桌面上講明白。

袁雙一板一眼地在小黑板上寫了幾條店規，寫好後她把小黑板立在旅店進門處，確認只要進店的人都能看到後才滿意地去樓下洗手。

楊平西送離店的客人下山回來，進門就看到了小黑板，他站在門口逐條地把店規看了遍。

大雷跟在楊平西身後，低聲讀出了店規：「旅店房費不含早餐。」

「店內午晚餐可拼餐，餐位費一人二十元，午飯、晚飯拼餐需在上午十點、下午四點前到前臺報名，逾時不能加入拼餐。」

「旅店可包車、共乘，車費視路程而定。」

後面還有幾條是店內消費守則、住房注意事項和損失賠償條款。

楊平西看完袁雙寫的店規不置一詞，倒是大雷看了，眉頭微微皺起，問道：「哥，這樣……好嗎？」

楊平西沒回答好與不好，只是說：「這段時間，店裡的事都聽袁雙的。」

大雷張嘴想說什麼，見楊平西偏護著袁雙，最後只得作罷。

袁雙洗了手上樓，看到楊平西在吧檯喝水，就讓他去看她剛寫的店規。

「進門就看到了。」楊平西放下杯子說。

「怎麼樣？」袁雙雙手交疊在吧檯上，往前一湊。

楊平西稍作思索，道了句：「字不錯。」

袁雙「嘖」了聲，不滿道：「我問的是內容，你看過了，覺得怎麼樣？」

楊平西的手指無意識地在桌面上點了點，片刻後他看著袁雙說：「像公告。」

袁雙皺眉，問：「你的意思是，店規看起來太公式化了，沒有感情？」

「嗯。」

「這好辦。」

袁雙又找來了粉筆和板擦，走到落地的小黑板前，蹲下身擦擦寫寫。

楊平西從吧檯出來，走到袁雙身邊，低頭去看黑板，在看到她做出的改動後，忍不住挑眉一笑。

「這就是妳的辦法？」

袁雙把每條店規末尾的「。」都改成了「～」。改好後她站起來，對楊平西使了個眼神，問：「你還有什麼意見？」

楊平西想袁雙這麼聰明，未必不知道他剛才的話是什麼意思，但她既然只作淺層理解，就說明她有自己的堅持。

他遂搖了下頭，說：「照妳的意思來。」

袁雙把粉筆和板擦放在一旁，拍了拍手說：「既然你沒意見，那這些店規就從今天開始執行。」

楊平西沒異議。

這時，趙子涵邁著小碎步跑過來，到了楊平西跟前，笑嘻嘻地問：「楊老闆，聽店裡的人說，你之前有時間都會開車帶客人到黎山鎮周邊逛逛，今天也能帶我們出去兜兜風嗎？」

楊平西剛要回答，就聽袁雙在旁邊重重地咳了一聲，十分刻意。他笑笑，回答趙子涵：「今天店裡有事。」

趙子涵不死心，又問：「那明天呢？」

袁雙見狀，笑問：「妳們是想包車出遊啊？」

「包車……要花錢嗎？」

「當然。」

「……可是在店裡住了好幾天的小夥子說，楊老闆之前帶人出門玩是不收錢的啊。」

又一個歷史遺留問題，袁雙頭疼地輕嘆口氣，露出無奈的表情，語氣為難地解釋道：「之前是之前，現在油價漲了，一直不收錢的話，店裡的生意就做不下去了。」

「好吧。」趙子涵聽後撇嘴，不情不願地走了。

免費的午餐吃久了，人們就會覺得理所當然，有一天要收錢了，還會不高興，倒忘了天下本就沒有白吃的午餐，花錢買服務是天經地義的事。

袁雙等人走遠，瞥向楊平西，涼颼颼地問：「楊老闆你可真能幹，身兼多職，還給人免費當導遊。」

楊平西輕咳了聲，說：「偶爾沒事的時候會帶人出去轉轉。」

法不溯及既往，袁雙不想評判楊平西以前做生意的方式，她指了指小黑板，強調道：「以前你怎麼樣我不管，但是以後得按我的規矩來，你不能再接免費的私活了。」

袁雙語氣霸道，楊平西聽了不惱也不怒，面上仍是雲淡風輕，頷首笑著附和道：「行，我聽妳調遣。」

袁雙對楊平西服從的態度很滿意，他說放權就放權，完全不會去干涉質疑她的任何決定，這讓她更能放得開手腳。

「那走吧。」袁雙大手一揮，對楊平西示意道。

「嗯？」

「下山搶人去。」

上午九點過後，從各地來古橋風景區的遊覽車多，袁雙領著楊平西氣勢洶洶地下了山，那架勢就像是山裡的土匪要去山下搶老婆一樣。

到了停車場，袁雙看到有幾個人手上拿著顯眼的牌子，牌子上寫著某某飯店、某某旅館，看樣子是別的飯店旅館來搶人的。她的眼神一下子犀利了起來，懊惱地對楊平西說：「我們也要弄個『耕雲』的招牌，不然輸在了起跑線上。」

「拉條橫幅？」

楊平西本是開玩笑的，袁雙卻積極地考慮起了拉橫幅的可行性，她略帶敵意地瞟了那些拿著牌子的人一眼，發狠道：「等等回去就找人做，我們得把他們『豔壓』下去才行。」

楊平西見她燃起了勝負欲，低頭失笑。

「老楊。」

楊平西聽到有人喊，抬手隨意地揮了下，聊作應答。

袁雙循聲望去，就看到一個拿著牌子的平頭小夥子走過來，到了跟前，他問楊平西：「你怎麼來車站了？」

「拉客。」楊平西淡然回道。

「你來拉客？」平頭小夥子很驚訝，調侃道：「嘿，你之前不是說做生意看緣分，今天是怎麼了，太陽從西邊出來了？」

袁雙一聽，心想楊平西這「無為而治」的生意經都讓競爭對手知道了，對方知己知彼，這可是生意場上的大忌。

她打量了下平頭小夥子，抬眼看向楊平西，用眼神詢問他。

楊平西領會她的意思，介紹道：「李讓，安居飯店的老闆。」

「這個美女是？」李讓見楊平西和袁雙舉止親密，看著她的眼神一時探究了起來。

「『耕雲』的新老闆，袁雙。」楊平西語氣謔然，讓人分不清真假。

李讓吃驚，說了句很欠揍的話：「你的店終於撐不下去，要賣出去了啊？」

楊平西和李讓是熟人，聽得出他是在開玩笑，但袁雙當了真，當下只覺得李讓是在冷嘲熱諷。同行相輕，雖然楊平西的生意的確做得不怎麼樣，但這事她說說就夠了，還輪不到外人對他指手畫腳的。

輸人不輸陣，袁雙昂起頭顱睨著李讓，扯起嘴角要笑不笑地說：「不好意思，李老闆，要讓你失望了，有我在，『耕雲』暫時還倒不了。」

李讓見袁雙擺出一副「護犢子」的姿態，愣了下，隨即笑開了，問：「妳不會是『耕雲』的老闆娘吧？」

「我……」袁雙剛要否定李讓的猜想，餘光瞥到一輛到站的遊覽車，便顧不上解釋，一個箭步衝過去，在所有人都沒反應過來時，占據有利位置，守在了車門前。

李讓轉過身，看著正熱情地朝車上的遊客推銷「耕雲」的袁雙，正經問楊平西一句：「以前沒見過你身邊有這號人物啊，店裡新招的人？」

「新請的。」

「這女生有點意思，哪請的啊？」

「路上。」

「撿的？」

楊平西笑了下，說：「算是。」

「你運氣倒好，路上都能撿到個大美女。」李讓一手搭上楊平西的肩，賤兮兮地說：「就『耕雲』那點生意，有大雷、阿莎和萬嬸不就夠了，還需要專門再請一個人？」

楊平西聽出了他話裡的揶揄，不以為意，反而神色在在地說：「誰規定不缺人就不能請人了？」

「是沒這規定，這種不划算的事一般人都不會做，也就你幹得出來。」

李讓抬眼看到袁雙積極努力地拉攏遊客，她臉上笑靨如花，態度不卑不亢的，不由說：「不過你這次倒不虧，這女生看起來有做生意的天賦。」

他拍了下楊平西的肩，嘿然一笑，說：「我看這女生和『耕雲』不太相合，不如你讓她去我店裡，我不會虧待她的。」

楊平西乜了李讓一眼，問：「她怎麼和『耕雲』不相合了？」

「這還用問？」李讓說：「這女生渾身透著機靈勁，一看就不是閒得住的人，你做生意隨緣，她可不像是有一單生意就賺一單錢的人，你們行事風格差別太大，不適合。」

楊平西聞言，若有所思地沉默了。

李讓見袁雙舉手投足間落落大方，實在是難得的人才，便真的動了挖人的心思。他勾著楊平西的肩，說道：「我認真的，你考慮看看。」

楊平西睇他，輕聲慢氣地說：「不如我把『寶貝』送到你店裡？」

李讓忍不住打了個哆嗦，要知道上次楊平西把他那隻愛狗寄養在他那，他的飯店差點沒被拆了。

「不是吧，老楊，我不就是和你要個人嘛，你有必要做這麼絕嗎？」李讓琢磨了下楊平西的態度，回味過來了。他狐疑地盯著楊平西，說：「之前跟你要萬嬸，你都沒拒絕，還讓我自己去問萬嬸的意思，今天跟你要個新人，怎麼一點商量的餘地都不給？」

「不會真的被我說中了，你看上這女生了，想留下當老闆娘吧？」李讓問。

楊平西挑了下眉，閒散道：「是又怎麼樣？」

李讓沒想到楊平西承認得這麼爽快，著實怔住了，反應了幾秒才接道：「你要是真對她有意思，那我肯定不會撬兄弟的牆角啊。」

楊平西聞言點了下頭，爾後漫不經心地說：「記住你說的話，以後別打她的主意了。」

袁雙一開始拉客的時候還是情緒飽滿、信心十足的，到了後來，她就跟霜打過的茄子似的，垂頭喪氣地蔫了。

在又一次鎩羽而歸後，袁雙陷入了沉思。她發覺自己之前過於樂觀了，以為只要積極主動一些就能提高「耕雲」的入住率，但現實情況遠比她想像得要嚴峻。

上午到達古橋風景區的車是多，拖著行李箱來的遊客也多，但沒幾個人是「自由身」。現在是網路時代，年輕人出行都會提前在網路上物色好飯店旅館，而年長點的遊客要麼是由年輕人帶著出行，要麼是跟團旅遊，這兩者也都會事先在網路上訂好住處，真正到了地方才找落腳處的人幾乎沒有。

李讓他們拿著招牌等在鎮上的停車場裡，並不是為了搶奪客源，而是為了迎接已經在網路上下了訂單的客人，今天真正守株待兔的只有袁雙和楊平西。

袁雙碰了幾次壁才恍覺，真正的戰爭不在線下，而在線上。

認清現實後，她沉下一口氣，說：「走吧，回店裡。」

楊平西正調整著站位幫袁雙擋太陽，聽到她說要走，有點意外，問：「不等了？」

「再等下去也是做無用功。」袁雙看向楊平西，清了下嗓問：「你應該早就知道，下山是拉不到客的吧？」

「我也是今天才知道。」楊平西看了袁雙一眼，咳了聲說。

袁雙見楊平西眸光微閃，就知道他沒說實話。他好歹也是一個旅店的老闆，在黎山鎮待了這麼久，再怎麼閉目塞聽也不至於這一點都不知道。

「你不用維護我的自尊心，我還沒這麼脆弱，這次是我沒想周全。」

袁雙以前在飯店工作時，基本上都待在前廳部，只負責接待客人，處理投訴意見，飯店開拓客源的工作自有銷售部的人去做，她鮮少參與，因此這方面經驗不足。今天下山拉客是她思慮不周，沒提前了解情況，平白浪費了時間，這一點她不憚於承認。

「現在沒多少人會線下訂房，看來還是要提高『耕雲』的知名度，讓人主動來入住。」袁雙自我反省了下，抬眼問：「鎮上有多少家飯店旅館？」

楊平西回道：「四五十家吧。」

「四五十家？」袁雙咂嘴：「這麼多？」

「這兩年古橋風景區評了級，來的遊客多了，鎮上開店的也就多了。」

「這麼多飯店旅館，『耕雲』的評分還能墊底？」

「……」

「你就不著急？」

楊平西輕與一笑，說：「評分說明不了什麼。」

「在各方面條件都未知的情況下，網路上平臺的評分是很重要的參考標準，評分越高，被選擇的機率就越高。」

黎山鎮僧少廟多，住宿行業競爭激烈，「耕雲」本身就因地處山間，出行不便，在線下不占優勢，如果網路平臺這一領土再失守，那日後避免不了被淘汰的命運。

想到「耕雲」網路上那慘不忍睹的評分，袁雙驚覺時不我待，她也不花時間和楊平西解釋網路評分的重要性了，他要是能懂，「耕雲」的評分也不至於這麼低。

「走走走。」袁雙一把抓過楊平西的手臂，拉著他往停車場外走，邊走邊說：「趕緊更換戰場。」

楊平西垂眼看著袁雙拉著自己的手，眼中閃過一絲笑意，也沒掙脫，就這樣讓她拉著往前走。

到了山腳下，袁雙仰頭，從底下能看到「耕雲」坐落在山林之間，古樸自然，美輪美奐。不知道是不是因為王婆賣瓜的心理，袁雙看「耕雲」越看越順眼，她覺得這棟建築比寨子裡的任何一棟吊腳樓都好看，比鎮上隨便一家飯店旅館都有特色，這麼一顆明珠，若是蒙了塵，她當真是心痛。

「山上不能修一條路，讓車能開上去嗎？」袁雙回頭問楊平西。

楊平西微微搖頭，說：「黎山寨是古建築保護單位，不能隨意修建道路，破壞寨子的構造和布局。」

「搞個纜車？」

楊平西笑了：「不現實。」

袁雙也知道自己異想天開了，忍不住低嘆一口氣。

白天寨子裡熱鬧些，一些老媼坐在家門口擇菜、納鞋底，她們見到楊平西，會熟稔地和他打招呼，用苗話與他說上幾句。

蘆笙場入口旁的吊腳樓前，有個用印著大紅花的毛巾包著頭髮的奶奶，她和楊平西說了兩句話，目光便轉到了袁雙身上，笑吟吟地看著她。

袁雙直覺老奶奶說的話與自己有關，但她聽不懂，就問楊平西：「奶奶說了什麼？」

楊平西說：「妳笑著點頭就行。」

老奶奶慈眉善目和藹可親，袁雙想她老人家肯定是說了什麼好話，便聽楊平西的，對著奶奶微微頷首，露出一個燦爛的笑。

等過了那棟吊腳樓，到了蘆笙場，袁雙還是好奇，再問了一遍：「奶奶說什麼了？」

「誇妳漂亮。」

老人家果然有眼光，袁雙聽了心裡美滋滋的。她抬手摸了摸自己的臉蛋，餘光看到楊平西嘴角噙著淡淡的笑，不由蹙了下眉，問：「奶奶誇我，你笑什麼？」

她瞪著楊平西，質問道：「你是不是沒說實話？奶奶到底說了什麼？」

楊平西回頭看袁雙，嘴角上揚的幅度變大，他吊了她一下，才說：「奶奶誇『耕雲』的老闆娘長得很漂亮。」

「這誇的是我？」

「妳剛才不是點頭了。」

袁雙額角一抽，抬手攥著拳頭就要打人：「楊平西，你算計我，占我便宜！」

楊平西敏捷地閃開，轉過身一邊倒著走一邊說：「妳不是急著回店裡？我們的事解釋起來很麻煩，不如就讓她老人家誤會，也沒什麼損失。」

「我的清白不是損失嗎？」

「那我把我的清白賠給妳？」

「我不稀罕！」袁雙追了兩步，一拳往楊平西身上招呼過去。

楊平西又一躲，袁雙氣不過，提起裙角就去追。

蘆笙場上有幾個學齡前兒童，他們見袁雙和楊平西一個追，一個躲，以為他們在玩遊戲，就自發地跑過來，一個個站到楊平西的身後，揪著彼此的衣服後擺，躲來躲去。

袁雙一看，得，楊平西成「母雞」，自己成「老鷹」了。

她氣笑了，索性做出一副凶神惡煞的模樣，叫囂著說：「都躲好了，老鷹要來抓小雞了。」

袁雙往楊平西身後跑，幾個小孩咯咯笑著躲開，一邊喊著：「小楊哥哥，『老鷹』要來吃我們啦，你快攔下她。」

楊平西就配合地攤開雙臂，攔著袁雙。

袁雙一下往左跑，一下往右跑，楊平西就左右防守，見她加快速度意欲「襲擊」，橫跨一步擋著她，袁雙因慣性停不下來，就這樣撞進了楊平西懷裡。

「抓住『老鷹』啦，抓住『老鷹』啦！」幾個小孩高興地在原地又蹦又跳。

袁雙見幾個小蘿蔔頭笑得歡欣，也跟著笑開了，覺得自己這隻「老鷹」也算是「死得其所」了。

她仰頭看楊平西：「抱上癮了？還不鬆開。」

「這次我可沒占妳便宜，是妳自己撞進來的。」楊平西鬆了手勁，低笑道：「這下我的清白沒了，我們扯平了。」

「你——」

「老楊？」

袁雙正要回嗆，忽聽有人喊楊平西，立刻掙脫他的手，低頭扯了扯衣服，掩飾性地理了理跑亂的頭髮。

楊平西低咳了聲，表情穩重了些，轉過身見到老朋友，抬手揮了下。他俯身和幾個小孩說了幾句話，沒多久他們就散開去玩了。

袁雙的耳朵捕捉到行李箱的輪子在粗糙的地面上滾動的聲音，從楊平西身後探出頭，就看到一行人結伴到了蘆笙場。

除了要入住「耕雲」的人，誰還會拖著行李箱進寨子？

「認識的？」袁雙問。

「嗯。」楊平西介紹道：「周石，以前做導遊的，現在做自由行。」

袁雙一聽，也就能猜出周石身後跟著的三男兩女是包車的客人，不由精神一振，推著楊平西迎了上去。

「真的是你，大老遠看到你抱著個女生，我還以為認錯人了。」周石領著人走到蘆笙場中央，熟稔地和楊平西打招呼，他看向袁雙，目中有幾分好奇，調侃了一句：「你抱著的這個女生我怎麼沒見過？」

袁雙稍稍一窘，還是大方地接上話：「我是『耕雲』的新人，才來幾天，你沒見過我正常。」

「新員工？」周石顯然不太相信，楊平西向來可是最避嫌的人，怎麼會和員工抱在一起？

楊平西無視周石意味深長的眼神，看了他身後的人一眼，問：「到了怎麼沒打給我？」

「我和大雷說了，他就要下來了，我想著山下熱，就先帶人來了蘆笙場，還能有個地方坐坐。」

袁雙聽到他們之間的對話，確認周石真的是帶人來「耕雲」投宿的，便扯出笑，招呼後面的客人把行李箱放一旁，先跟著她往上走。

他們一行人有三個大行李箱，楊平西提上一個先走，讓周石等在原處，等大雷下來後再一起上去。

袁雙領著客人走得快，楊平西雖然提著個大行李箱，但步子很穩當，腳程也快，跟著袁雙他們前後腳就到了旅店。

進了店，袁雙招呼阿莎倒水給客人，過後又熱情地跟他們介紹房間。

「大床房還有嗎？」一個女生問。

三間大床房都住了人，阿莎正要搖頭，袁雙就出聲說：「有，還有一間，不過客人剛退房，收拾要花點時間。」

「那我們就要一間大床房，兩間標準套房吧。」

幾個人說著就要掃碼付款，袁雙眸光一閃，抬手制止他們，笑著說：「你們在網路上下單就行。」

「網路上下單更划算？」

袁雙沉吟片刻，笑道：「最近店裡在做活動，網路上下單送自釀的啤酒。」

「那好。」

「離店的時候記得給我們一個好評哦。」

袁雙笑盈盈地說完，讓阿莎幫他們辦理入住，然後喊楊平西去拿一套乾淨的床單被套上樓。

她上了樓，打開自己的房間，進去後快速地把東西收拾了下，準備讓屋。

楊平西進門時，就看到袁雙在拆被套，他走過去搭了把手，說：「房間可以不換，讓他們住標準套房就行。」

「那不就少賺了。」袁雙俐落地扯下舊被套塞給楊平西，拿過新的一邊套被芯，一邊說：「這房間我住著不賺錢，給客人住才值得。」

楊平西抱著換下來的床單被套，問袁雙：「妳想住標準套房？」

袁雙搖頭：「標準套房我住了也虧。」

「店裡的房間住不滿的。」

袁雙回過頭瞪了楊平西一眼：「你總這麼想，『耕雲』就永遠住不滿。」

楊平西失笑，問：「大床房和標準套房都不住，那妳想換到哪間房？」

袁雙套好被芯，甩了下被子，說：「底層不是還有個空著的小房間？我睡那。」

她之前打聽過了，底層洗衣房旁邊有個小房間，是阿莎偶爾留宿的地方，現在空著也是空著，她住進去正好。

楊平西一聽袁雙要去底層的小房間睡，不由微皺眉頭，說：「那個房間太小，挑高也不夠。」

袁雙剛想說三個月而已，將就一下就過去了，話到嘴邊又轉了個彎。她抿了下唇，說：「沒關係，睡覺而已，有張床就行。」

楊平西不語，思忖片刻才開口說：「妳去樓下睡。」

「你房間？」

「嗯。」

袁雙正在套枕套，聞言動作一頓，把枕頭往床上一丟，轉過身盯著楊平西，冷森森地說：「明目張膽地耍流氓呢？」

楊平西輕笑：「妳睡樓下，我睡底層那間房。」

「這還差不多。」袁雙一點也不客氣，欣然就接受了楊平西的安排，末了不忘誇他一句：「算你有點紳士風度。」

楊平西勾勾唇：「換了房間，晚上有事妳還是能跺腳找我。」

「大晚上的我能有——」袁雙說著忽覺現在的對話有點耳熟，轉頭見楊平西笑得輕浮，一些回憶便湧現在了腦海中。

她腦門一緊，忍無可忍地咬牙切齒道：「楊平西，我以後吃素！」

袁雙鋪好床，打掃完後就讓大雷把幾個客人帶上樓，安排他們住進了各自的房間裡。

楊平西提著袁雙的行李箱下樓，拿鑰匙打開了自己的房間，走了進去。

袁雙跟在楊平西身後進了他的房間，這才發現二樓的房間是個房中房。第一道門進去還有一道門，裡面那個房間面積大，是臥室，外面的小屋放著各種儲物櫃，主要用來存放乾淨的床單被套還有一些旅店的一次性用品。

楊平西進屋收拾東西，袁雙就站在門邊往裡面打量了下。二樓這間房和樓上大床房的布局很像，不過相對窄一些，裡面有床有桌椅，還有衣櫃。

袁雙以前去過飯店男員工的宿舍，那真的是髒亂差，她本以為男人住的地方多少會有點凌亂，但楊平西的房間卻很整潔。他東西少，而且放得整齊，屋子裡也沒有異味，乾淨得讓她有點自愧不如。

楊平西快速收拾了下房間，把自己睡的被褥抱下樓，又換了套新的上去。他東西不多，就一些衣物，他用一個儲物箱裝好後都搬到了底層的房間。

「怎麼樣？」楊平西詢問袁雙。

窗明几淨，袁雙滿意地點點頭。想到楊平西從一間這麼敞亮的房間搬走，住到樓下那間逼仄的房間裡，她良心有些過不去，忍不住道了句：「楊老闆，委屈你了。」

楊平西微挑眉頭：「妳要是過意不去，我們再換一下？」

「你走吧，我要開始收拾房間了。」袁雙拉過行李箱，一副送客的模樣。

楊平西笑了聲，走之前說：「收拾好了出來吃飯。」

袁雙打開行李箱，拿出化妝包和保養品包放在桌上，又拿出隨身帶著的平板，打算放進床頭櫃的抽屜裡，沒承想一拉開，就看到了楊平西的私人物品。

她掃了眼，立刻關上抽屜，把平板扔在床上，闔上行李箱，離開房間。

袁雙把兩道房門都關好了，揣好鑰匙去了大廳。楊平西正在擺碗筷，她走到他身旁，左右看了眼，跟特務接頭一樣，壓低聲說：「你床頭抽屜裡的東西忘記拿走了。」

楊平西想了下，床頭櫃的抽屜裡放著「耕雲」的房契和各種證件資料。他了然，很淡定地說：「沒事，就放著吧。」

袁雙瞠目：「那麼重要的東西，你不拿走？」

「底下的房間沒有櫃子，沒地方放。」

「你就放心放在我那？」

「嗯。」楊平西應得很淡然：「放妳那妥當。」

袁雙真的是想晃一晃楊平西的腦袋，看看裡面是不是有水聲。她急道：「你怎麼能隨隨便便把這麼重要的東西交給別人保管呢？就不怕我拿去幹壞事啊？」

楊平西看了袁雙一眼，不以為意：「妳能拿來幹什麼壞事？」

「比如拿去抵押，借高利貸！」

「妳不會。」

又是這句，袁雙叉著腰，做出一副勢利小人的模樣，說：「你別道德綁架我啊，說不定我哪天就拿去當了。」

楊平西忖了下，仍用波瀾不起的口吻說：「妳要是做了這樣的事，就說明是走投無路了，那當了也就當了。」

袁雙怔住。

她以前就沒遇過楊平西這種篤信她的能力和品格的人，一時動容。失語片刻，她埋怨了句：「別咒我，我才不會到走投無路的地步。」

楊平西低笑一聲，招呼她：「吃飯。」

袁雙早上交代過萬嬸，菜做少些，但此時一看，並沒有少多少，樣式也還是很多。

她找到萬嬸，問道：「嬸嬸，不是讓妳按人頭來做飯嗎？」

萬嬸把手在圍裙上擦了擦，坦然應道：「是按人頭做的啊。」

袁雙狐疑，回頭就見三三兩兩的住客坐上了桌，她又找到大雷問：「這些人……都報名了？」

大雷點頭：「我親自問的。」

「啊？」

「楊哥下山前交代我，問一圈店裡的人，中午要不要拼餐。」

「難怪。」袁雙本以為店規實行的第一天，應該會有些老客人不能馬上適應，楊平西倒是周到，主動詢問，通知到位。

他這麼做雖然費事，但也體貼，袁雙對此沒什麼意見。她設定店規本來只是為了和住客之間達成一些共識，並不是為了和他們對著幹。

午飯的時候發生了個小插曲，周石帶著他的幾個包車的客人下了樓，見店裡在吃飯，便想一起拼餐。周石是楊平西的朋友，又帶了客人來投宿，袁雙知道拒絕他實在是不講情面，但沒報名不能臨時拼餐的店規上午才立下，中午便打破，就形同虛設，她便委婉地讓他們晚上再來一起拼。

袁雙知道像虎哥這樣的老主顧，心裡鐵定對她新設的店規頗有微詞，但「耕雲」沉屙已久，她不下點猛藥不行。

改革總是激進的，楊平西唱慣了紅臉，袁雙並不介意唱白臉，在旅店裡充當強硬、不講情面的角色，反正以前在飯店，她也不是沒有扮演過。

飯後，袁雙回房間繼續收拾行李，楊平西出門點了根菸。沒多久，大雷走了出來，站在他旁邊，一臉「有話不知當不當講」的表情。

楊平西瞥到大雷神色糾結，哧的一聲笑了。他叼著菸微抬下巴，示意道：「有話就說。」

大雷躊躇了下，忍不住開了口，問：「哥，店裡以後真的都聽雙姐的嗎？」

三個月之約只有楊平西和袁雙知道，大雷、阿莎和萬嬸都不知情，他們以為袁雙以後會一直留在「耕雲」。

楊平西沒打算和大雷說約定的事，只點了下頭，應道：「嗯。」

「可是……」大雷眉頭一皺，說：「我覺得雙姐不是很了解『耕雲』的情況，她今天制定的店規，店裡很多客人都覺得……」

「覺得怎麼樣？」

「沒人情味。」

楊平西聞言只輕呵了一聲，大雷見他態度不明，便直接說出了自己的顧慮：「哥，我知道雙姐的出發點肯定是為了『耕雲』好，但是她這樣，會不會適得其反啊？」

「就像剛才……我看石哥之後都不會再往店裡帶人了。」

大雷說著都有些急了。

「不會。」楊平西了解周石，淡然道了句。

站在「耕雲」的門口可以看到寨子的蘆笙場，此時幾個小孩正聚在廣場上玩「老鷹捉小雞」。楊平西垂眼看了一下，莫名揚了下唇角，之後緩聲開口說：「再給袁雙一點時間，她會明白『耕雲』的特質的。」

袁雙在生活和工作中是截然不同的兩種狀態，生活中她隨性、大方、很好相與，工作中她強勢、嚴謹、雷厲風行。

既然決定要在「耕雲」待三個月，袁雙就打算好好幹。她給自己立了個目標，要在這段時間內，革除旅店的種種弊端，提高單人房間的入住率和網路上平臺的評分。

七月份是旅遊旺季，每天來古橋風景區的遊客眼見著變多了，黎山鎮白天生意興隆，晚上笙歌不歇，就是黎山寨，也多了很多上山觀光的遊客。

袁雙每天都會出門好幾次，遇到來逛寨子的遊客，她便會熱情地邀請人家進店喝杯水，之後再憑藉自己的口才，爭取讓人入住旅店，實在不行，能讓人消費幾杯酒水也是不錯的。

這天傍晚，袁雙出門溜達，順利地在寨子裡拉到了一位落單的客人，她把人帶回店裡辦入住，回頭在大廳裡沒見到楊平西，便問了阿莎一句。

「你們楊老闆呢？」

阿莎拿手機打字，遞給袁雙看：『去堯山古寨賣酒了。』

堯山古寨也是一個風景區，離黎山鎮有近半個鐘頭的車程。袁雙見楊平西時而在古橋風景區裡擺攤，時而去別的景點擺攤，忍不住嘀咕了句：「聽過『流竄犯罪』的，沒聽過『流竄擺攤』的。」

時間不早，袁雙想著這個時間下山也很難再拉到客了，便拿了帳本，坐在大廳裡對帳。

這半個月來，她對「耕雲」進行了大刀闊斧的改革，立了規矩後，店裡的「亂象」算是少了。本來這是個好現象，但袁雙對帳的時候，發現旅店的營業額並沒有增加多少，這兩天甚至還有所下降。

袁雙盯著帳本，眉頭緊鎖，反思自己是不是還有什麼地方沒有做到位。

就在她滿腦子不解時，忽然聽到前臺那有人拔高音調在說話，她回神看過去，就見阿莎皺著一張臉，正手忙腳亂地對著今天下午才入住的客人比劃著。

袁雙立刻起身走過去，溫聲詢問客人：「您好，請問有什麼需要幫忙的嗎？」

那客人是個中年大叔，見到袁雙，就皺眉不滿道：「哎喲，我就是想問問從黎山鎮怎麼去千戶寨，你們店的前臺愣是聽不懂啊！」

大雷不在，前臺只有阿莎一個人。大叔說話有很重的地方口音，也難怪阿莎讀不懂，大叔又是個急性子，不願意打字，也不願意等阿莎打字，這才起了點摩擦。

袁雙明白情況後，馬上道了個歉，詳細地回答了大叔的問題，又送了瓶酒作為賠禮，才勉強安撫好了他。

「好好一間旅店，怎麼讓一個又聾又啞的人當前臺，這不是趕客嗎？」大叔拿了酒，又發了句牢騷。

袁雙客客氣氣地把人送走，再回頭時，見阿莎表情愧疚自責，一副泫然欲泣的可憐模樣，心裡不由有了思量。

晚上，楊平西從古寨回來，見袁雙呆坐在「美人靠」上，不覺稀奇。往常幾天，她就跟個陀螺似的，店裡店外跑，忙起來沒個消停，今天卻是反常。

他走過去，抬手在她面前晃了下，問：「發什麼呆呢？」

袁雙倏地回神，抬眼看到楊平西，也沒像往常一樣盤問他出門在外有沒有背著她接免費的私活，只是輕點了下頭，說：「回來了啊。」

楊平西看她神色消沉，像是有心事，忖了下開口問：「今天一個客人都沒拉到？」

「呸呸呸，烏鴉嘴。」袁雙這才有了反應，抬頭瞪著楊平西，恢復了幾成生氣：「你以為我是你啊。」

楊平西被嘲諷，反而笑了，說：「我看妳表情，好像『耕雲』明天就要倒閉了。」

袁雙聞言，默了下，隨後站起身，朝楊平西勾了下手，說：「你跟我來，我有事和你說。」

楊平西挑眉，當下什麼也沒問，跟著袁雙出了門。

「耕雲」是黎山寨最高的房子，再往上就是密林和梯田，袁雙領著楊平西往山裡走，在離旅店有段距離的一棵蒼天大樹下站定。

「我們之間有什麼事要避開人說？」楊平西本來還想說句玩笑話逗逗袁雙，低頭見她神色嚴肅，便正經了些，下巴一挑，示意道：「說吧。」

袁雙猶豫片刻，才開口說：「我認為阿莎並不適合當旅店的前臺。」

楊平西的眼神微微一變。

「前臺是旅店的門面和喉舌，阿莎的情況有點特殊……」

「妳想開除她？」楊平西問。

袁雙其實考慮過幫阿莎換崗，但「耕雲」是間小旅店，體力活有大雷，打掃做飯有萬嬸，還真的只差個接待人的前臺。

她抿了下唇，試探地說：「我們可以幫她找一份輕鬆點的，可以勝任的工作？」

「不行！」

袁雙話音剛落，楊平西還未開口表態，兩人就聽到第三人的聲音。

袁雙被嚇了一跳，下意識前後左右看了看，愣是半個人影也沒看見。

楊平西直接抬起頭，看著樹上的人，問：「你什麼時候上去的？」

袁雙順著楊平西的視線看去，就見大雷麻溜地從樹上下來，手上還拿著個噴霧壺，看樣子像在幫樹噴藥除蟲。

剛下地，大雷就火急火燎地走過來，楊平西往前挪了一步，擋在袁雙身前。

「雙姐，阿莎做錯了什麼？」大雷拔聲問袁雙。

袁雙解釋道：「她沒做錯什麼，只是不適合幹前臺。」

「怎麼不適合？」

「前臺需要經常和人打交道，她和人交流有困難，我也擔心她幹久了，心理會受挫。」袁雙耐著性子說。

「可是阿莎已經在店裡幹了半年多了……」大雷看著袁雙，語氣不太好：「妳是不是和別人一樣，覺得阿莎是聾啞人，看不起她，所以才找了個冠冕堂皇的理由想開除她？」

「大雷。」楊平西看他。

「哥，你知道阿莎不能沒有這份工作。」

「阿莎的事我們還在商量。」

「商量？哥，你不會是被迷住了，忘了自己才是『耕雲』的老闆了吧？」大雷急了，口不擇言道：「她是個外人啊。」

「大雷。」楊平西沉下臉，看著大雷的眼神裡帶了警告的意味。

大雷把話說出口的瞬間，就知道自己說錯話了，「耕雲」本來就不是一個固定集團，人員都是慢慢加入的，他說這話就是排擠人。

大雷沉默了幾秒，他氣勁正大，此時也拉不下臉來道歉。

「反正阿莎不能走。」大雷不甘地握了下拳，賭氣般地說了句。

「這事我會看著辦。」楊平西說。

大雷聽楊平西的話，心裡穩當了些，便不再多說，轉身就走。可能是心裡的火沒泄乾淨，他一路走，一路使氣似的對著路邊的野草狂按噴霧壺，弄得空氣裡都是藥水味。

楊平西皺眉，轉過身看著袁雙，忖了下說：「大雷的脾氣比較急。」

「我知道。」袁雙輕飄飄地應了聲，面上沒什麼表情：「他和阿莎關係好，生我的氣也是應該的。」

楊平西要再開口，袁雙抬手制止他，她深吸一口氣，冷靜道：「先去哄小的，讓我自己一個人待一下。」

袁雙說完見楊平西杵著不動，眉頭一皺，說：「趕緊去，不然兩個小的都跑了。」

「妳——」楊平西不放心袁雙。

「放心吧，我不跑。」袁雙這時候還有心情說一句：「就算要走，我也會先讓你把分紅按天算給我。」

楊平西聽袁雙這麼說，算是安了心，知道她就是再生氣，理智還是在的。

「山上蚊子多，別待太久。」

「嗯。」

「被咬三個包就回來。」

「……」

「五個包？」

楊平西這時候倒是展現了他討價還價的能力，袁雙一時也不知道該氣還是該笑，只能嘆口氣，扶額道：「……知道了。」

第八站　千戶寨子

山裡的蚊子毒，被叮一口能腫一塊，袁雙沒等熬到撓出第五個包就下山回了旅店。店裡阿莎回家了，楊平西和大雷都不在，也不知道是去哪裡談心了。

袁雙情緒低沉，還撐著去找了今天入住的客人，把楊平西口述、自己做成圖文的古橋風景區最省時省力的遊玩攻略傳給了他們。把活幹完後，她就回了房間，閉門冷靜。

晚上，楊平西去敲過幾次袁雙的門。

第一次是她剛回房，他來敲門，她說想靜靜，他就走了；第二次是吃飯時間，他來喊他吃飯，她說不餓；第三次是他送晚飯給她，敲了門後說把炒麵放門口的凳子上了，讓她記得吃。

袁雙知道，如果自己不把那盤炒麵吃了，接下來楊平西還會敲第四次、第五次門。為了避免他頻頻敲門，惹店裡的客人誤會，她就把炒麵拿進了屋裡，吃完後又把空盤放在了門外，這才得了一晚的清淨。

袁雙一個人在房間裡待了一陣，人就冷靜了下來，但她還是不想走出房門，無他，就是暫時不想見人，尤其是楊平西。晚上她和大雷鬧了不愉快，楊平西肯定是要聊這件事的，她還沒想好怎麼說。

大雷的話一直縈繞在袁雙的耳邊，一開始她很生氣，氣的是被人看作是那種會歧視人的小人，後來她又開始反思。

雖然她今天和楊平西提出阿莎不適合當前臺，起因是傍晚客人的刁難，她擔心阿莎在這個崗位上待久了會感到挫敗，但難道她自己就沒有一絲利益上的考量？覺得換個人當前臺，旅店的生意會更好？

袁雙不敢說自己毫無私念，或許大雷說得對，她就是個冠冕堂皇的人，嘴上說是為了阿莎好，其實心裡全是生意。

這一晚，袁雙沒睡好，這次失眠倒不是因為壓力大，單純是愁的。晚上沒睡好，隔天又早早地醒了，往常幾天她一大早就會起來忙活，今天卻意興闌珊。

袁雙想到大雷昨天說她是外人的話，更不想出門，她把被子一拉，索性一不做二不休，直接曠工。躺了一下，她又睡不著，滿腦子想的都是店裡的事。

昨天店裡的帳還沒對完；萬嬸今天不知道做什麼早餐，沒她盯著，楊平西怕是又會請人吃白食；還有今天退房的客人，如果沒人提醒，他們就會忘了離店的時候給旅店一個好評……

袁雙躺著也是難受，就坐起身拿過自己的平板，想找點東西打發下時間，結果點開螢幕就看到自己沒寫完的「『耕雲』百日營業計畫書」。

她看著那份計畫書，幽幽地嘆一口氣，最後認命地下了床。

袁雙洗漱完畢，換了套衣服，打開房門要出去時險些撞到一個人。她冷不防被嚇一跳，捂著心口，瞪著門前的楊平西，問：「你站在這幹什麼？」

楊平西舉著手正要敲門，下一秒門就開了，看到袁雙，他收回手，垂眼說：「確認下妳在不在。」

「我不在房間裡還能在哪？」

楊平西忖了下：「回北京的飛機上？」

袁雙輕嗤：「我還沒這麼玻璃心。」

聽到熟悉的語氣，看到熟悉的表情，楊平西鬆了口氣。

「還不讓開？」袁雙挑起下巴，示意道。

楊平西聞言，側過身，讓開路。

袁雙走出房間，到了大廳，左右看了眼。她今天起得晚，往常這個時間，大雷和阿莎都來了，今天卻沒見到人。

阿莎的家遠，遲點來倒是正常，但大雷就住在黎山寨裡，沒道理他會遲到。

袁雙輕咳了聲，回頭問楊平西：「大雷和阿莎……罷工了？」

「沒有。」楊平西走近後說：「他們去南山寨趕集了。」

袁雙知道大雷和阿莎沒罷工，心口一鬆，又問：「趕集為什麼要去南山寨？黎山寨沒有嗎？」

「每個苗寨的集日都不一樣。」楊平西解釋道：「南山寨的寨子更大，集市會更熱鬧。」

袁雙似懂非懂地點了下頭，又覺得奇怪，大雷和阿莎都是苗家人，對集市見慣不怪了才是，除非是有東西要買，不然怎麼會去湊這個熱鬧？

楊平西見袁雙盯著自己看，問了句：「怎麼了？」

「他們真的去趕集了？」袁雙狐疑地問。

楊平西失笑，往吧檯旁邊的角落指了指，袁雙看過去，阿莎的小背簍就放在那。

「放心吧，他們沒罷工。」楊平西知道袁雙在擔心什麼，寬慰了句。

阿莎來了，大雷應該也來了，那沒道理他們一大早來了店裡又跑去趕集，除非是有人授意。

袁雙看了楊平西一眼，也不去問他為什麼要支開大雷和阿莎，理由是可以想見的。

萬嬸下山買菜了，楊平西就親自去廚房下了碗牛肉粉，端上樓後讓袁雙趁熱吃。

袁雙拿過筷子，夾了一箸粉條，同時抬眼看向對面一直盯著自己的楊平西，說：「楊平西，有什麼話，你就說吧。」

楊平西看著袁雙，沉吟片刻，直接開口道：「袁雙，我沒把妳當外人。」

袁雙一口粉剛進嘴裡，聽到楊平西的話，動作一頓，幾秒後才咬斷粉條，含糊道：「你想說的就這個？」

「嗯。」

袁雙心頭一動，她本以為自己和大雷鬧不愉快，楊平西會當和事佬，先講幾句和稀泥的話，沒承想關於昨晚的事，他開口講的第一句話就是沒把她當外人。

本來因為大雷的話，袁雙心裡頭一直堵得慌，現在卻熨帖了許多，尤其看到楊平西鄭重其事的模樣，她甚至有點想笑。

大雷把她當外人，而楊平西是太不把她當外人了。

「這話要是讓大雷聽到了，又該說你被我迷住了。」袁雙謔道。

楊平西見袁雙的眼裡總算是有了笑意，心裡鬆泛了些，輕笑道：「他昨天說的那些話，妳把這句放心上就行。」

「少來。」袁雙不領情，不過心情倒是因為楊平西的話愉悅了不少。她忖了下，主動開了口，真摯地說：「我沒有看不起阿莎。」

楊平西頷首：「我知道。」

袁雙垂下眼瞼，沉默片刻後接著說：「這幾天我觀察過阿莎，她工作的時候很認真，對待客人也很熱情，人還勤快……我很樂意把她留在店裡，只是前臺這個崗位的職責對她來說難度比較大，我擔心她承受不住這樣的壓力。」

「這話聽起來是有點冠冕堂皇，也不怪大雷會那樣說我。」袁雙說著沉重地嘆了一口氣，自嘲道。

楊平西見她還把自己說喪氣了，不由輕笑，說：「我相信妳對阿莎沒有惡意。」

「但是我一開始知道阿莎是前臺時，的確認為你這個安排很不合理，增加了溝通成本，降低了工作效率，會影響旅店的生意。」

「我知道妳是對事不對人，本意是為了『耕雲』好。」楊平西說。

袁雙聞言，心口一寬，得到楊平西的理解，她還有點感動。她抬頭看向對面，由衷道：「楊平西，雖然你不會做生意，但你是個好老闆。」

楊平西一哂，抬手點了點桌面，開口說：「妳先把粉吃了，吃完跟我出門。」

「去哪？」袁雙問。

「千戶寨。」

「啊？」

「之前不是說過有空帶妳到處逛逛。」

袁雙本以為楊平西刻意支開大雷和阿莎，是要和她好好聊聊，不承想聊沒兩句，還沒聊出個所以然，他就要帶她出門閒逛。

「這麼突然？」袁雙訝異道。

「今天正好要去送酒。」

「阿莎的事……」

「等我們去了千戶寨再聊。」

袁雙不明白阿莎和千戶寨有什麼關聯，為什麼去了那才能聊。她遲疑道：「我們走了，旅店怎麼辦？」

「『寶貝』在呢。」

袁雙低頭看向在自己腳邊不停搖尾巴的「寶貝」，失語片刻後還是覺得讓一隻狗看店不可行。

「店裡的客人要退房怎麼辦？」

「退房的客人會懂得把鑰匙放在前臺。」

「耕雲」不收押金，退房只需要還房間鑰匙，也沒別的手續。

袁雙皺眉：「不行，沒人提醒，退房的客人會忘了在網路上給個好評……再說，萬一有客人要入住，店裡都沒人招待。」

楊平西見袁雙有操不完的心，有些無奈，正好這時才剛起床的虎哥打著哈欠從樓上下來，他就隨手一指，說：「還有虎哥。」

虎哥：「嗯？」

袁雙：「……」

「旅店有虎哥看著，妳放心吧。」楊平西說。

袁雙覺得楊平西也特別不可靠了，這麼大一間旅店，就輕易地交給了住店的客人。

「你們去玩吧，店裡有我呢。」虎哥像是搞明白了狀況，附和了句。

「萬嬸很快就回來了，這麼一下子功夫，店裡出不了什麼事。」楊平西看著袁雙，挑眉笑著問：「千戶寨裡有很多飯店民宿，妳不想去看看？」

袁雙立刻被拿捏，她快速吃完一碗粉，回房間穿上防晒外套，拿上包出來。

楊平西拿上車鑰匙，袁雙跟著他往店外走，到了門口她本想叮囑下虎哥，讓他記得提醒退房的客人給好評，結果轉頭就看到虎哥露在外面的手臂。左青龍右白虎，她擔心他這副模樣去要好評會適得其反，遂作罷。

時近九點，正是太陽高升的時候，日光明亮。

袁雙跟著楊平西下了山，到了停車場坐上車後，她摘下墨鏡問：「你的酒呢？」

「後車廂裡。」楊平西邊說邊倒車：「早上搬下來了。」

「沒想到你分銷點還挺多。」

「都是朋友的店。」

「整個藜東南，不，是整個藜州就沒有哪塊地方你是沒有朋友的。」袁雙問：「你從哪認識這麼多人？」

楊平西笑笑，說：「以前做自由行，路上認識的。」

袁雙轉頭看他：「你以前做自由行的，那後來怎麼就開了『耕雲』？」

楊平西的手指輕輕敲了下方向盤，說：「沒什麼特別的理由，想開就開了。」

這個理由很隨便、很荒謬、很不可思議，但從楊平西嘴裡說出來又十分合理，甚至有點詩意。

袁雙嘖然搖頭，卻很自然地就接受了他的這個理由。

黎山鎮離千戶寨說遠不遠，就是山路彎多險峻，車不好走，這種深林公路，不是老司機都不敢上路。中間有一段路程，袁雙的手機一度都搜不到訊號，從車內望出去，周邊環繞的都是高山，一點人煙都見不到。

在山路上彎彎繞繞了半個多小時，袁雙才看到了吊腳樓和人的身影，還有進進出出的遊覽車。

過了安檢口，楊平西把車停在了風景區外的停車位上，拿出手機打了通電話給朋友。他下車，從後車廂裡搬出一箱酒，示意袁雙跟上他。

千戶寨風景區大門前有個巨大的廣場，此時廣場上擺著一張張桌子，每張桌子後都有苗族的女生穿著藍色的苗服，戴著銀冠，捧著牛角杯在和歌跳舞，見到上前的遊客，她們就會給人敬酒。

袁雙稀奇：「這是？」

「攔門酒。」楊平西抱著個箱子，示意袁雙：「去喝一口？」

廣場上氣氛熱烈，袁雙見遊客們紛紛參與到活動中，心裡躍躍欲試，便走上前去。苗女們看到她，唱著歌跳著舞，熱情地送上手中的牛角杯，她仰著腦袋，就勢喝上了一口酒。

米酒醇厚，入口即甘，袁雙喝了一桌，又往前走，喝了又一桌。

苗家酒後勁大，楊平西擔心袁雙喝多了，十二道攔門酒只讓她喝了三四道就招呼她回來。

袁雙看著後面的幾桌酒，有些不甘心：「聰明酒和美麗酒還沒喝。」

「喝不喝，妳都已經有了。」

袁雙的嘴角忍不住上揚：「能更聰明、更美麗，誰會拒絕？」

楊平西笑：「妳想喝，有的是機會，下次我再帶妳過來，把剩下的全喝了。」

袁雙不是貪杯的人，她的酒量雖然不錯，但現在還不清楚苗家酒的威力，要是在門前就喝多了，今天就沒辦法好好逛寨子，遂聽從了楊平西的話。

廣場兩旁是售票大廳和遊客服務中心，兩棟建築都是吊腳樓樣式，極有苗寨特色。

楊平西帶著袁雙從廣場邊緣繞過敬酒的人群，到了風景區大門口，袁雙看到很多遊客在排隊，問了句：「我要不要去買張門票？」

「不用。」楊平西說：「跟著我就行。」

「你的臉在這還能刷？」

楊平西失笑：「嗯，我經常來送酒。」

袁雙本來還不太相信楊平西的話，她半信半疑地跟在他身後，只見他和門口的苗家小哥說了幾句苗話，人家就放行了。

「會苗話就能進去？」袁雙好奇問。

「嗯。」

「那我不會，怎麼他也放我進來？」

袁雙看到楊平西的嘴角又噙著笑，這笑她太熟悉了，他憋著壞的時候就會露出這樣若有似無的笑意。

她眉頭一皺，狐疑地問：「楊平西，你是不是又占我便宜了？」

「占了一點。」

「你又胡說！」袁雙抬起手作勢要捶他。

「不那樣說他怎麼讓妳進來？」楊平西抱著箱子躲了一下，回頭笑著提醒道：「小心點，有酒。」

他見袁雙追過來，也不逗她了，澄清道：「我和他說妳是店裡的新人。」

「真的？」

「嗯。」楊平西解釋：「除了苗族人，來寨子做生意的人也能免票進出。」

「不用出示身分證明？證件之類的。」

「要，不過臉熟的人可以省去這道程序。」楊平西看向袁雙：「妳不是說我分銷點多，跟著我，妳可以去很多地方。」

袁雙瞥他：「你還挺得意。」

楊平西挑眉。

袁雙想到楊平西打白工的精釀酒，嘆口氣，恨鐵不成鋼道：「到處賠錢！」

楊平西：「……」

進了風景區，遊客們搭乘觀光巴士前往寨子，袁雙則跟著楊平西搭乘了只讓寨民們和工作人員坐的小巴士。

袁雙坐在車上，眼看著兩旁的吊腳樓越來越多，最後匯成一整個大寨子。她在黎山寨住了一陣，已經對苗寨有所熟悉了，但到了千戶寨，看到河水兩岸的山上，層層疊疊的吊腳樓鱗次櫛比，還是嘆為觀止。

黎山寨只有百來戶，比起來，千戶寨真的是大太多了，這裡的吊腳樓看起來也更精緻，一棟累一棟，一層疊一層，在藍天白雲的映照下，恍然間就像是動漫裡才有的地方。

「這麼大啊。」袁雙讚嘆了聲，又回頭問：「真的有一千戶人家住這？」

楊平西頷首，說：「附近很多小寨子都遷過來了。」

寨子裡人煙湊集，主街道上更是熙來攘往，遊客如織。

袁雙跟著楊平西在三號風雨橋下了車，又跟著他過了橋，隨後進了河對岸的一家酒吧。上午酒吧不營業，此時店裡空落落的，和外面熱鬧的街道對比鮮明。

「黑子。」楊平西喊了一聲。

袁雙在吧檯裡看到一個高個子，留著中長髮，頗有藝術家氣質的男人，

「嘖，說了幾遍了，別叫我『黑子』，叫『Black』。」黑子一撩頭髮，做出個風流的姿勢。他熟稔地朝楊平西打了個招呼，看到袁雙，笑著說：「我就說你今天怎麼把車開到北門了，原來是帶了人來啊。」

千戶寨北門遊客多，楊平西以前送酒都會從寨子的另一個門進去，今天他是想帶袁雙感受下攔門酒的活動，才把車停到了北門。

「這次就帶了一個女生？」黑子問。

袁雙在吧檯前站定，聞言挑起眉頭，故意問：「楊老闆以前還帶過很多個女生來？」

「那可不，有時候帶三四個呢。」

「都是店裡的客人。」楊平西把一箱酒放在吧檯上，像是自證清白般說：「我也只把她們送到風景區門口。」

「那今天這個怎麼帶進來了？」

「她不是遊客。」

「不是遊客，那是……」黑子問得意味深長。

「我是楊老闆新聘的職業經理人。」為防止楊平西扯個不正經的答案，袁雙自己先胡謅了一個，走他的路，讓他無路可走。何況她這麼說也沒錯，她現在在「耕雲」做的，也就是職業經理會做的事。

袁雙說完非常商務地朝黑子伸出一隻手：「你好，Black，我是……Double。」

袁雙的職業氣息太足了，黑子一時被唬住了，不由自主地和她握了下手。回過神，他又不太相信地問楊平西：「她真的是你請的職業經理？」

楊平西繃著臉，配合袁雙的演出，點了下頭。

「『耕雲』已經到這個地步了？」

「嗯。」楊平西隨口說：「就等著她來拯救了。」

黑子看楊平西不苟言笑的模樣，眼睛一瞇，嗤道：「我信你個鬼。」

「我真的是職業經理人。」袁雙強調道。

「得了，Double 美女，我和老楊好幾年的朋友了，他根本就不是會積極做生意賺錢的人，不然早就發財了。」黑子單手撐在吧檯上，一臉早已看破的表情，對著袁雙說：「妳如果真的是職業經理人，那老楊請妳，絕對不是想讓妳幫他賺錢。」

「那是？」袁雙順著問。

「他看上妳了！」黑子篤定道。

黑子的話像是一根小棒槌，在袁雙心頭敲了一下，她恍惚了片刻，爾後大方地笑著說：「你猜得對，我的確不是職業經理。」

沒了前提，結論自然站不住腳，本以為這事就算是揭過去了，沒想到黑子聽了袁雙的話，反而一拍手，語氣鏗鏘地說：「妳如果不是職業經理人，那老楊鐵定是看上妳了。」

袁雙一聽，心裡那點慌亂頓時沒了，她只當黑子說的話都是在胡說，不當真。

「怎麼我不是職業經理，楊老闆還是看上我了？」袁雙也不是開不起玩笑的人，平復內心的小情緒後，就順著話問黑子。

「妳不是職業經理，老楊為什麼還把妳帶在身邊？」黑子瞥楊平西一眼，幽幽地說：「他以前從來不單獨帶異性出行。」

「我包了他的車。」袁雙信口道一句。

「妳要是包車的客人，他只會把妳送到風景區大門口，不會帶妳進來。」

袁雙不以為意，說了實話：「我是『耕雲』的新員工。」

黑子這才有點驚訝，轉頭問楊平西：「新來的？」

「嗯。」楊平西淡然應了聲。

「義工？」

「帶『編制』的。」

黑子納罕，「耕雲」的情況他是大致了解的，活就那麼點，人招得越多越虧。

「老闆帶員工出門，很正常吧？」有了楊平西的證言，袁雙像是贏了一場辯論，看著黑子狡黠一笑，頗有些得意。

黑子的目光在吧檯前的兩人身上游弋，他發現Double小姐說話時，楊平西的視線始終落在她身上，眼裡還捎著笑，像是在放縱她胡鬧。

「『耕雲』的待遇就是好啊，老闆還會親自開車帶員工出來玩。」黑子咂摸出了點味道，眼神變得別有深意。他看向楊平西，語氣促狹道：「你的店還招人嗎？我酒吧不幹了，去幫你打工算了。」

「義工？」

「嘖，你這人，怎麼還區別對待。」

楊平西毫不掩飾自己的雙標，他沒理會黑子不滿的眼神，隨意地指了下那箱酒，說：「酒幫你送到了，走了。」

「啊？這就走了，不坐下喝兩杯？」

「開車。」

「那中午一起吃個飯啊，和Double。」

「再說吧。」

袁雙見楊平西轉過身要走，立刻跟上，走之前不忘回頭揮一下手，笑道：「再見……黑子。」

酒吧門掩上之前，黑子戲謔地喊了句「好好約會」，袁雙顯然聽到了，抬起頭看向楊平西，說：「你這朋友屬月老的啊，這麼喜歡牽紅線。」

小路上有一群遊客結隊走來，楊平西輕拉了下袁雙，避開迎面的人群，半開玩笑般地說：「黑子分析的也不是沒有道理。」

袁雙想到剛才黑子的那一通推論，瞥向楊平西：「真的看上我了啊？」

楊平西挑眉。

袁雙早就習慣了楊平西時不時的撩撥，此時也不放心上。她拿出掛在領口的墨鏡戴上，腦袋一昂，做出一副都市女郎的冷酷模樣，用瀟灑的語氣說：「那你就在藜州賽區排著吧。」

楊平西沒忍住，笑了聲，問：「總共有幾個賽區？」

「四五個吧。」袁雙不假思索，信口就說道：「北京賽區追我的從一環排到了七環，老家也有幾個從讀書的時候就喜歡我的老同學，大學還有好幾個學長學弟對我念念不忘……」

楊平西聽袁雙煞有介事地說，眼底笑意更盛，還配合地附和了句：「聽起來競爭挺激烈。」

「所以你趁早死了心吧。」袁雙說得率意，墨鏡下的眼睛卻忍不住去看楊平西。

「為什麼要死心？我贏面很大。」

楊平西用極其平靜的語氣說出極其傲慢的話，袁雙聽完失語片刻，又覺得好笑，問：「楊平西，你哪來的自信？」

「妳給的。」楊平西嘴角微揚，不徐不緩地說：「追妳的人這麼多，妳都能很久沒沾上『葷腥』，看來那些人都不頂用。」

他低下頭看向袁雙，沉下聲緩問道：「妳說我贏面大不大？」

楊平西的目光直接又張揚，像是此刻閃耀的陽光，袁雙即使戴著墨鏡，眼睛也被灼了下。她心底驀地一悸，莫名有些慌張，遂迅速別開眼，快言快語道：「我是以前工作太忙了，沒時間，所以才——」

袁雙說到一半，忽然反應過來，自己和楊平西解釋什麼？

想到這，她就用逞凶來掩飾自己的失態，惡聲惡氣地說：「楊平西，你有這自信，不如用在做生意上。」

「做生意不需要自信。」

「那需要什麼？」

楊平西看著袁雙，若有所指地說：「用人的眼光。」

一句話，袁雙立刻被哄順毛了。

她抿了下唇，又想起了店裡的事，遂開口道：「不是說來了千戶寨就聊一聊阿莎的事，現在可以聊了吧？」

「還不到時候。」楊平西說：「先逛寨子。」

楊平西不疾不徐的，像是有什麼安排，袁雙便也不追問，跟上他的腳步，逛起了寨子。

千戶寨被貫穿其中的河水分為兩半，兩岸的山上都是吊腳樓，右岸多的是飯店民宿，左岸是老寨子，住的在地人多，蠟染館、游方場、苗族文化博物館等特色場所都在左岸。

楊平西本想先帶袁雙去白日裡相對熱鬧的左岸逛逛，但袁雙對寨子裡的飯店民宿更感興趣，他便依了她的意，陪她在右岸走動。

千戶寨裡有很多的飯店民宿，寨子的右岸基本上每棟吊腳樓都做住宿生意。袁雙拉著楊平西扮作在找落腳處的普通遊客，進到吊腳樓裡去參觀內部環境，如果老闆恰好是楊平西認識的人，他們就大大方方地進去坐一坐。

千戶寨到底是個風景區，接待的遊客多，這裡的飯店民宿條件都還不錯，從山腳到山頂，飯店的價格基本上也是呈上升趨勢。

袁雙和楊平西走了兩個小時，參觀了寨子裡大半的飯店民宿，不知是不是出於護短的心理，逛了一圈下來，袁雙還是覺得「耕雲」最好。

千戶寨的飯店民宿已經形成產業了，各方面都很成熟，但袁雙總覺得少了些什麼。

右岸山頂上有個大觀景臺，可以縱覽全寨，晚上更可以看到寨子裡的絕美夜景。袁雙和楊平西到時，觀景臺上熙熙攘攘的全是人，觀光車把山下的遊客一車車地送上來，又把山頂的遊客一車車地送下去。

人太多，太陽又晒，袁雙就沒去觀景臺上擠，她在山頂附近走了走，嫌天太熱，就拉上楊平西下了山。

山腳下的主街道人也不少，街道兩旁除了一些飲料店小吃店，最多的就是攝影工作室。苗服寫真是很多人來千戶寨必體驗的項目，寨子的大街小巷裡，幾乎處處可見穿著苗服，頭戴銀冠，妝容精緻的美女在擺姿勢，那真的是賞心悅目。

楊平西買了水回來，見袁雙在打量那些拍寫真的人，便說：「妳要是想拍，吃完飯後可以去拍一套。」

袁雙搖了搖頭：「攝影工作室一般都是要提前預約的。」

「不用。」

袁雙回頭：「你還有當攝影師的朋友？」

「嗯。」楊平西擰開瓶蓋，把水遞給袁雙，說：「妳想拍，我和他說一聲。」

「算了，今天太熱了。」袁雙一口氣喝下小半瓶水，才覺得舒爽了許多。她擰上瓶蓋，問楊平西：「你在這有沒有開餐館的朋友？」

楊平西失笑，朝袁雙勾了下手：「走吧，帶妳去吃飯。」

千戶寨的左岸餐館多，基本上都是做苗家菜的，這個時間，寨子的空氣裡飄的都是飯菜的香味，勾得人食指大動。

楊平西帶著袁雙擇一條小巷進入，往坡上走了一小段，進入一家私房菜館。老闆顯然和楊平西相熟，沒怎麼客套寒暄，直接讓他們點菜。袁雙對苗家菜不了解，就讓楊平西點，楊平西知道袁雙不太能吃辣，點完菜後還特地叮囑老闆少放辣椒。

飯館一樓坐滿了人，楊平西帶著袁雙上二樓，找了張空桌落座。

袁雙上午走了大半個寨子，現在饑腸轆轆，她正餓得放空時，餘光看到有人朝他們這桌走來。她抬頭去看，就見一個身著苗服簡裝的妙齡女生和楊平西打了個招呼。

「平西。」

袁雙聽過別人喊楊平西「楊老闆」、「老楊」、「小楊」、「楊哥」，這還是第一次聽到有人直接喊他的名字，聽起來格外親暱。

她不動聲色地打量了那女生一眼，爾後把目光投向對面，觀察起楊平西的反應。

楊平西和那女生寒暄了兩句，袁雙在一旁聽了，才知道女生的名字叫萬雯，是千戶寨歌舞劇團的演員。

萬雯問楊平西今天怎麼會來千戶寨，楊平西回說帶朋友來寨子玩，順便送酒給黑子。陪玩為主，送酒是順便。

萬雯聽完，就順著楊平西的話，自然地把目光投向袁雙，笑盈盈地問：「這位就是你的朋友？」

楊平西頷首。

「我以前怎麼沒見過，不是藜東南的？」

「嗯。」楊平西簡單介紹道：「袁雙。」

袁雙仰頭，朝萬雯露出一個友好的笑，主動說：「妳好啊。」

「妳好。」萬雯回以一笑，說：「我還是第一次見平西帶個女生來寨子裡玩，你們……認識很久了？」

這話帶點試探的意味，袁雙瞥了楊平西一眼，從容地回道：「不久，剛認識，還不是很熟。」

楊平西聞言，抬頭看了袁雙一眼，從口袋裡掏出車鑰匙放在桌上，推給她。

袁雙莫名：「車鑰匙給我幹嘛？」

「口袋淺容易弄丟，放妳包裡。」

「你怎麼不把自己弄丟。」袁雙嘴上嫌棄著楊平西，手上卻接過了車鑰匙，從善如流地放進包裡。

萬雯看到他們之間的互動，怎麼也不像是剛認識不久，還不熟的樣子。她默了一瞬，問袁雙：「妳是外地來藜東南旅遊的？」

「算是吧。」袁雙打了個馬虎眼。

「難怪平西會帶妳來千戶寨，他這個人，心腸最熱，對朋友向來很好的。」

袁雙玲瓏心思，怎麼會聽不出萬雯的話外之音。她看向楊平西，心下嘖然，暗道他真是招女生喜歡。

萬雯有朋友等，不好多待，但又不甘心就這樣離開。她想了想，看向楊平西問：「晚上表演場有演出，平西，你來看嗎？」

楊平西沒有立刻表態，而是問袁雙：「想看嗎？」

楊平西詢問袁雙的意願，這舉動在萬雯眼中是遷就。

袁雙想著反正今天都「曠工」了，也不在乎晚一些回去，而且萬雯這麼熱情，雖然想邀的不是自己，但也不好直接拒絕，便笑著應了句：「看唄。」

楊平西點頭：「行。」

萬雯聽他們搭腔，心裡不是滋味，但面上還是過得去。她對楊平西施施然一笑，語氣帶著嬌俏，說：「那平西，晚上開演前你記得傳訊息給我，我送內部票給你……們。」

楊平西沒接話，倒是袁雙沒心沒肺的，應了個「好」。

萬雯離開後，袁雙托著下巴看著楊平西，噙著笑揶揄道：「紅顏知己？」

店裡服務生送上一盆熱水，楊平西把桌上的碗筷放進盆裡燙了燙，一邊頭也不抬，像說尋常話一樣，語氣自如地道了句：「除了妳，我沒有別的紅顏知己。」

「我可不敢當。」袁雙頓了下，生硬地喊：「平——西。」

楊平西應了聲，抬起頭說：「妳當得起……又又。」

他們對視了幾秒，隨後不約而同地笑了。

楊平西把燙好的碗筷放到袁雙面前，解釋似的說：「萬雯是我朋友的女兒。」

「啊？」袁雙訝然：「忘年交？」

「嗯。」

「沒想到啊，你交友不僅地域廣，年齡範圍也挺廣啊。」袁雙嘖嘖稱奇，又說：「那朋友的女兒，也是朋友囉？」

「關係又不能繼承。」楊平西閒散道：「合得來的人才能當朋友。」

袁雙覺得有道理，她瞥向楊平西，故意板著一張臉問：「我們算合得來嗎？」

楊平西沒有回答，而是指了指天花板，問了袁雙一個風馬牛不相及的問題：「妳知道吊腳樓的主要結構方式是什麼嗎？」

「嗯？」袁雙覺得楊平西這話題轉得太生硬了，但還是思考了下他的問題，虛心求教問：「是什麼？」

「榫卯結構。」

袁雙聽完，當即起了一身雞皮疙瘩。她搓了搓自己的手臂，嫌棄道：「楊平西，你怎麼這麼肉麻。」

袁雙嫌棄完，想想又覺得很好笑，眼睛一彎，忍不住笑了。楊平西見她高興，也勾起了唇，隨著她的笑而笑。

吃完飯，楊平西去結帳，他和飯館老闆聊了兩句，才走出店，追上在巷子口看銀飾的袁雙，及時拉住了要買銀手鐲的她。

「妳想要銀鐲，我找人打一個給妳，不用買。」離開了銀飾店，楊平西說。

「打銀飾的手藝人你也認識？」

「嗯。」楊平西說：「苗族人喜歡銀，很多寨子裡都有會打銀飾的手工藝人。」

「黎山寨裡也有？」

楊平西點頭應道：「寶山叔會打銀飾，他這段時間去城裡省親了，等他回寨子，可以找他打一個鐲子給妳。」

袁雙還不熟悉黎山寨裡居住的人家，所以也不知道楊平西口中的「寶山叔」是寨子裡的哪一戶，但這不妨礙她樂呵地應道：「好啊。」

從小巷裡出來，袁雙走在房屋的陰影下，揉了揉吃圓了的肚子，問楊平西：「我們現在去哪？」

「蘆笙場中午有免費的表演，去看看？」

袁雙轉頭，似笑非笑地說：「晚上表演場有收費的演出可以看，現在還去看免費的？」

「妳這話聽起來怎麼，有點酸？」楊平西垂眼，直勾勾地看著袁雙。

袁雙戴著墨鏡，卻仍覺得楊平西的目光能透過鏡片，望進她的心底。她別開眼，飛快否認道：「我沒有。」

說完，她像是為了證明自己不酸，大踏步地朝蘆笙場走去。

每個苗寨都有一個蘆笙場，這是寨民們議事、集會、表演的地方。千戶寨寨子大，蘆笙場相應的也更寬廣，廣場四周環繞著吊腳樓和亭子，階梯下的地面由零零碎碎五顏六色的石子鋪就而成，花紋繁複，很有民族特色。

蘆笙場白天很熱鬧，沒有表演的時候，幾乎每個角落都有人在拍攝寫真。中午臨近演出前，廣場上的人會被清空，而四周的階梯則會被看演出的遊客占領。

楊平西找了個位置，抬手示意袁雙過來，他們並排站著，就像是普通遊客一樣。

演出時間將近，廣場周圍陸陸續續來了很多遊客，表演者已經在入口處準備就緒了。參與演出的女生統一穿著藍色上衣，下穿百褶裙，頭戴銀冠，做盛裝打扮；男生都穿著藍黑色苗服，頭戴黑色圍帽，顯得幹練。

袁雙看到場邊有人搬上了大鼓，又看到幾個穿著黑色長衫，稍年長些的男子分別抱著個像木槍一樣長長高高的東西站在一旁，不由偏過頭問：「他們抱著的是什麼？」

人聲嘈雜，楊平西微彎下腰，在袁雙耳邊介紹道：「蘆笙，苗族的一種傳統樂器。」

袁雙點頭，又看向已經在蘆笙場的四個角落裡排好隊，手拿牛角杯，準備登場的女表演者。她的目光輕盈地掠過四個隊伍，忽然定在一個方向上，微微皺起眉頭。

「你覺不覺得……」袁雙眼神疑惑，就問旁邊的楊平西：「右邊隊伍打頭的那個女生，有點像阿莎？」

楊平西只看了一眼，便點了頭，說：「就是她。」

「真的是阿莎？」袁雙目露驚訝：「她怎麼會在這？」

「蘆笙場每天中午都會有一場免費的演出，參演者都是普通的苗族民眾，他們憑藉參演的次數，能領到相應的演出費。」楊平西平靜道。

「難怪。」袁雙看著阿莎，喃喃道了句：「難怪每天中午吃完飯，她就急著離開旅店。」

阿莎每天中午都會有一段時間不在店裡，袁雙注意到後一度以為她是大老遠的回家休息了，卻沒想到她是來千戶寨參加演出。

「阿莎媽媽的病很嚴重嗎？」袁雙皺緊眉頭問。

「心臟病，幹不了重活，身體還需要吃藥養著。」

「她爸爸……」

「在她很小的時候就出意外，去世了。」

袁雙心口一堵，頓時明白了為什麼大雷昨天說阿莎不能沒有旅店這份工作。千戶寨這種免費的演出不像劇團展演那般正式，勞務費肯定也不高，袁雙想到阿莎每天來回奔波，打兩份工，就是為了多賺一點錢養家，心裡就很不是滋味。

楊平西和袁雙說話的時候，場邊的演出者吹奏起了蘆笙，隨著音樂響起，四隊女表演者齊齊起舞，她們手捧著牛角杯，邁著舞步款款地向蘆笙場中央走去。

她們表演的第一個節目是敬酒歌，節目需要表演者又唱又跳。袁雙看著站在前面，雖然唱不出聲音，但臉上仍掛著燦笑，努力舞動著四肢的阿莎，眼眶驀地就濕熱了。

旁人或許不清楚，但袁雙知道，阿莎聽不到音樂，她要比別人付出更多的時間和精力，才能跳好一支舞。她不知道阿莎到底克服了多大的恐懼，才敢在眾人面前登場表演。

笙樂陣陣，場上的表演者們隨著鼓點，跳著舞，慢慢地散成了一個大圓。一首敬酒歌結束，表演者們就熱情地捧著酒，去敬自己面前的觀眾。

笙樂一歇，袁雙看著站在自己面前的阿莎，突然就明白楊平西為什麼會選擇站在這個位置上。

阿莎抬頭，看到楊平西和袁雙的那刻，表情難掩意外。但很快，她便捧著酒杯朝他們走去。

袁雙低頭見阿莎走過來，立刻走下臺階，主動去喝阿莎敬的酒。同樣的米酒，這一次她卻嘗出了苦澀的滋味。

喝完酒，袁雙低頭看著比自己矮一個腦袋的阿莎，心裡五味雜陳。她想道一聲「對不起」，可話哽在喉中，卻羞愧得怎麼也說不出口。

「阿莎，妳跳得很好。」半晌，袁雙開口說道。

阿莎咧開嘴，雙眼彎成兩道月牙，無聲地笑開了。

袁雙的心在這一刻又酸又脹。

她想自己之前實在過於傲慢，居然敢去同情一朵在石縫之中，竭力綻放的花朵。

蘆笙場免費表演的最後一個節目是蘆笙舞，所有的表演者包括蘆笙演奏者都會上場跳舞，一曲舞畢，主持人上場致辭後，這場演出就算是圓滿落幕了。

演出結束，場邊的觀眾紛紛離場，表演者也脫下盛裝，回歸到各自的生活中。阿莎脫下演出服還回去後，朝楊平西和袁雙所在的位置跑過去，到了他們跟前，她抬手對著楊平西比劃了幾下，問他們怎麼會來千戶寨。

「來送酒，順便逛一逛。」楊平西說。

阿莎又看向袁雙，猶豫著比劃了幾個手勢，楊平西替她翻譯道：「阿莎說，大雷的脾氣不好，希望妳不要和他一般見識。」

阿莎又比劃了幾下，楊平西咳了下說：「她以後會讓大雷少吃一點的。」

袁雙聽完傻眼了：「啊？」

楊平西見袁雙呆住，嘴角露出一絲笑意。

阿莎要搭別人的順風車回黎山寨，不好在千戶寨多逗留，她向楊平西和袁雙打了個招呼，很快就轉身和她的小姐妹一起走了。

袁雙看著阿莎離開的背影，眉心擠出一個「川」字，問：「阿莎剛才……是什麼意思？」

「大雷告訴阿莎，妳和他吵架是因為他太能吃了，把店都吃窮了。」楊平西說。

袁雙愣了下，隨後鬆了口氣，好笑道：「他這個理由也太蹩腳了。」

「是不高明，但是管用。」楊平西笑笑說：「阿莎之前就經常讓大雷少吃點，減減肥。」

袁雙能想到大雷為什麼不把他們發生口角的真實原因告訴阿莎，他是不想她傷心難過。她輕嘆一口氣，陳述似的問：「你早就知道阿莎每天中午都會來千戶寨參演，對吧？」

「嗯。」

「我就說，你怎麼突然帶我來這。」袁雙喟嘆道：「我還以為你真的是帶我來看風景的，沒想到是帶我來看良心的。」

楊平西禁不住笑了：「我可沒那個意思。」

「但是我的良心的確在痛。」袁雙說：「我現在就像電視劇裡的冷血反派。」

「那我是？」

「主角團的老大，正義的代表。」

楊平西低笑了兩聲，隨後解釋道：「我帶妳來看阿莎的演出，不是為了刺痛妳的良心，只是覺得既然妳加入了『耕雲』，就有必要了解一下阿莎的情況。」

他停了下，說：「阿莎是今年年初才來『耕雲』的，她需要一份工作養家糊口，正好店裡缺一個前臺，我就讓她來了。」

「『耕雲』一直以來，入住的人都不多……」楊平西說到這，察覺到袁雙的眼神倏地犀利了起來，他揚了下唇，接著說：「加上有大雷和萬嬸的幫忙，阿莎也沒出過什麼大的岔子，我就一直讓她在前臺幹著。」

「不過妳昨天的話提醒了我，我當初只想著安排一份工作給阿莎，倒是沒想過幹前臺會不會給她帶來額外的壓力。」

袁雙聽楊平西似乎贊同自己的想法，心裡反而有些搖擺。她的腦海中浮現出阿莎在蘆笙場上翩然起舞的身姿，一個這麼堅韌的女生，她的心理承受能力會差嗎？

「其實……關於阿莎適不適合當前臺這件事，我也欠考慮了。」袁雙沉吟片刻，自我反省道：「我先入為主，太想當然了。」

楊平西挑眉：「所以……」

「你給我點時間，我再想想。」袁雙現在腦子有些混亂，一邊是理性，一邊是感性，兩邊交雜著，她一時很難做出準確的判斷。

「不急。」楊平西目的已達，便輕快道：「先逛寨子。」

上午楊平西和袁雙逛了千戶寨右岸，下午他們就專門逛左岸。左岸商業氣息較濃，街道上各色店鋪一應俱全，往寨子深處走，又是另一番景象。爬得越高，遊客越少，寨子就越顯露出原生態的底色。

袁雙跟著楊平西一路往寨子高處爬，到了鼓藏頭的家後，又繞去了觀景臺看梯田。這時節的稻田是青翠的，從高處往下看，像是一塊塊不規則的抹茶蛋糕。

他們在觀景臺上待了一段時間才下山，之後就隨走隨停。袁雙在寨子裡還遇到了之前在侗寨見到的幾個年輕人，她沒有放過這個拉客的機會，再次誘惑他們去古橋風景區遊玩，順便把「耕雲」推薦給了他們。

一下午，袁雙和楊平西走走停停，勉強把千戶寨左岸逛了遍。傍晚，袁雙實在是走不動路了，楊平西便帶她回到黑子的酒吧，歇了歇。

酒吧午後開張，傍晚已經有客人在裡面小酌了。袁雙進去後，找了張空桌，逕自坐下，整個人脫了力般癱在座位上。

楊平西去了吧檯，讓黑子榨了一杯柳橙汁，他端著送到袁雙面前，見她一副累脫了的模樣，輕笑道：「我說了，寨子又不會跑，不用急著一天逛完，以後想來隨時能來。」

袁雙接過柳橙汁，一口氣喝下半杯，解了渴後才回道：「來都來了，逛一半就走不是我的風格。」

楊平西在對面坐下，問：「餓嗎？」

大概是累過頭了，袁雙沒什麼胃口，遂搖了下頭。

酒吧裡有個小表演臺，此時有個駐唱歌手抱著吉他在自彈自唱，袁雙坐著聽了一下，開口讚了句：「唱得還挺好聽的。」

這時，黑子端著一盤小吃走過來，聽到袁雙的話，嘿然一笑，說：「老楊也會彈唱。」

袁雙詫異：「真的？」

「那還有假？他以前在地下通道唱歌，可迷住了不少女生。」

迷住不少女生袁雙信，唱歌……她存疑。

黑子見袁雙不相信自己的話，轉頭朝楊平西擠了下眼睛，笑道：「上去露一手啊。」

楊平西抬眼，問袁雙：「想聽？」

袁雙狐疑道：「你會嗎？」

楊平西眉頭一挑，正好表演臺上的歌手一曲唱畢，他就起了身，上臺和人借了吉他。

袁雙想到了「逍遙詩人」的詩集，遂對楊平西會彈唱這事持懷疑態度。雖然他會的手藝很多，但在文藝這件事上，他似乎不太行。

袁雙降低了心理預期，卻在楊平西彈出第一個音時，驚訝地瞪圓了眼睛。

楊平西試了試音，信手彈了個前奏，隨後對著麥克風緩緩唱出聲。他唱的是一首民謠，歌詞裡有吊腳樓，有風雨橋，有仰阿莎，有多情的苗家阿郎阿妹……他的聲音微微沙啞，卻很有味道，瞬間就把人拉進了歌曲的意境之中。

「真的會啊。」袁雙聽呆了。

黑子坐下，吹捧起楊平西，說：「老楊不只會彈吉他，還會吹蘆笙呢。」

袁雙想到中午看到的笙管樂器，吹起來似乎挺難的，不由感嘆一句：「他去街頭賣藝，說不定都比開旅店還賺錢。」

黑子聽了，忍不住哈哈大笑，說：「Double，妳也知道老楊不會做生意啊。」

袁雙不僅知道，還深有體會。

「老楊這人啊，閒雲野鶴一樣，沒什麼名利心。當初他說要開旅店，我們這些朋友沒有一個不驚訝的。」黑子輕搖了下頭，無奈地笑著說：「別人做生意，汲汲營營，一分一毫都要算計，他倒好，隨心所欲，抹零當湊整用。」

「做生意做到他這分上，不把家底賠進去算是好的了！」

袁雙深以為然。

「『耕雲』開業的時候，我都覺得不到三個月就得關門，可是沒想到，撐到了現在。」黑子嘖然道：「老楊還是有些本事的。」

「妳別看『耕雲』生意不是很好，店裡的房間基本住不滿，但一年四季都有人來往。」黑子看著袁雙，說：「枯水期的時候，古橋風景區沒什麼遊客，黎山鎮很多飯店旅館都沒有生意，倒是『耕雲』，不管什麼時候總有人住。」

「我一直認為旅店和人一樣，都有性格，『耕雲』的性格隨老楊，自由、散漫。別的飯店旅館是落腳過夜的地方，遊客基本上住一晚就走，老楊那裡是可以放鬆休息的去處，住上十天半個月的大有人在。」

黑子說著調侃了一句：「『耕雲』吃不到景點的紅利，沒有旺季淡季之分，一年到頭都冷清得很穩定。」

袁雙聽完黑子的一番話，好一陣恍神。

她抬眼望著楊平西，他抱著吉他彈唱的模樣，隨性自如，像是一位真正的流浪歌手。

或許他就像是這千戶寨一樣，無論時代如何演變，他靈魂的底色永遠是最純粹原始的。

第九站 浮雲聚散

晚上，黑子留楊平西和袁雙吃飯，楊平西要開車，不能喝酒，袁雙倒是自斟自酌喝了幾杯，要不是楊平西攔著，她大概能把自己灌醉。

吃完飯從酒吧出來，寨子裡已是燈光璀璨，人行其中，恍然間像是墜入星河。

天色入暝，寨子裡卻更熱鬧了，隨處可以看到租借苗服穿在身上的遊客，他們身上銀飾相碰的聲音格外清脆。街道上的酒吧傳出嫋嫋的音樂聲，河道旁的飯館還有助興的歌舞表演，風雨橋上阿哥阿妹在對唱情歌，引得遊人一陣喝彩。

楊平西見袁雙面色酡紅，顯出了些醉態，忖了下，說：「晚上的演出就不看了，我們先回店裡，下次再來看？」

袁雙現在也沒有看表演的興致，想了下便點了頭，說：「那你記得和萬雯說一聲。」

楊平西今天本來就沒打算找萬雯拿內部票，聽袁雙這麼說，只是簡單地應了聲算作回答。

街道上人來人往，楊平西攔了最晚的一班巴士，拉著袁雙一起坐上車，到了風景區大門下車。大門外的廣場和白日裡的熱鬧全然不同，此時人影寂寥，和寨子裡的鼎沸人聲形成鮮明的對比。

到了停車的地方，楊平西轉過身朝袁雙伸出手。袁雙喝了酒，反應有些遲鈍，半晌沒轉過彎來，問一句：「幹什麼？」

「車鑰匙。」

袁雙這才想起來，楊平西中午把車鑰匙給自己了。她低頭掏了掏包，拿出鑰匙遞過去。

楊平西解開車鎖，袁雙逕自坐上副駕駛座，繫上安全帶後就靠在椅背上，透過窗玻璃看著寨子裡如星般的燈光。

楊平西覺得袁雙有點奇怪，過於安靜了，剛才在酒吧他就發覺她不在狀態，吃飯的時候不怎麼講話，一個勁地喝酒，像是有什麼心事。

「累了？」楊平西詢問。

袁雙輕點了下頭：「嗯。」

「身體沒別的不舒服？」

袁雙轉過頭，楊平西說：「之前妳在古橋裡走了一天，也沒這麼累。」

「寨子坎多。」袁雙平靜地解釋了句。

「晚上酒喝多了，難受嗎？」

袁雙輕輕搖了下頭。

楊平西還要說什麼，就見袁雙又別過頭看向窗外，道了句：「走吧，再晚山路更不好走了。」

楊平西看著袁雙，眼神思索，過了一下才插上鑰匙，把車從停車位上倒出去。

夜間山裡一片漆黑，四下無光，周圍的山嵐就像是黑色的巨物，朝著路上唯一的光源撲來。

山裡晚上氣溫低，盛夏時節，車裡沒開空調都覺得寒涼。楊平西看了副駕一眼，問：「冷嗎？」

「還好。」袁雙應道。

楊平西看她穿著防晒外套，多少能抵擋些寒意，倒也放了心。

一路上，袁雙一言不發，安靜得彷彿靈魂出竅。楊平西時不時從後視鏡中看她一眼，見她闔著眼似在睡覺，便不去吵醒她，專注地開著車，想盡快回到黎山寨。

山路崎嶇，幸而楊平西常來往於千戶寨和黎山寨，對路還算熟。他開得穩當，約莫半個小時就把車開回了黎山鎮。

楊平西在山腳下停好車，袁雙就睜開了眼，解開安全帶下了車。

鎮上的夜生活才剛開始，正是熱鬧的時候，燒烤的煙味、不絕如縷的音樂聲還有讓人繚亂的燈光不住地攻擊著人的嗅覺、聽覺和視覺。

酒勁上來了，袁雙忍不住揉了下太陽穴，楊平西看到了，眉間一緊，立刻問道：「頭痛？」

袁雙是有些不適，但還沒到撐不住的程度。她乾噓了下，朝楊平西擺了下手，說：「沒事，走吧。」

「還爬得動嗎？」楊平西問：「我背妳？」

袁雙看著他，恢復了一縷生氣，說：「我是累了，不是廢了。」

楊平西輕笑，見袁雙往山裡走，轉身就跟了上去。

黎山寨的路燈灑下一片暖黃的光亮，山風拂起，樹林裡萬葉簌簌有聲，間雜著不知名的昆蟲的叫聲還有稻田裡魚的唼喋聲。寨子裡萬物有聲，倒顯得人聲稀薄，好似天上仙苑，遠離人間。

到了蘆笙場，楊平西看到一個老婆婆佝僂著腰，扛著一麻袋的玉米緩慢地往山上走，他幾步追上去，和老婆婆說了兩句話，接過她背上的麻袋，扛在自己肩上。

「我們走另一條路回店裡。」楊平西轉過身對袁雙說。

「耕雲」是黎山寨最高的一座吊腳樓，寨子的每一條小路轉一轉都能到達頂點。袁雙這陣子天天在寨子裡溜達拉客，早把不大的黎山寨逛熟了，楊平西說換條路回去，她也就不帶猶豫地跟了上去。

黎州很多苗寨裡都有「水上糧倉」，相傳是以前的苗民擔心房子著火，糧食會被燒沒，就在寨子的低窪積水處建了棟糧倉，用以儲存糧食。

老婆婆的家就在「水上糧倉」後面，楊平西幫她把麻袋扛進屋子裡，要走時，老人家拉著他，往他手裡塞了好幾根玉米。

楊平西和老婆婆道了別，出門就看到袁雙蹲在「三眼井」旁掬水洗臉。

黎山寨「水上糧倉」旁有三口井，共用一個泉眼。上井口徑最小，位置最高，井水最乾淨，是飲用水；中井口徑居中，裡面的水是從上井淌下來的，寨民們用來清洗果蔬；下井口徑最大，就像一個小水潭，寨民們平時都在井旁邊洗衣服。

楊平西抱著玉米，走到袁雙身旁，低頭笑著說：「怎麼在下井洗臉？」

井水冰涼，袁雙洗了臉後，清醒了許多。她站起身，手指彈了彈水，應道：「臉不乾淨，在上井、中井洗會被罰錢。」

楊平西聽袁雙這麼說，就知道她已經對黎山寨有所了解。

「下井的水沒那麼乾淨。」楊平西說著抬頭往上井示意了眼，說：「那裡掛著水瓢，可以拿來打水洗臉。」

袁雙揩了下被水糊著的眼睛，渾不在意道：「井水是活的，髒不到哪去，我那天還看到有小孩在下井洗澡呢。」

「他們洗習慣了。」

袁雙抹了把臉：「我也沒那麼嬌貴。」

今晚月朏星墜，此時月到中空，一輪皎潔的明月倒映在井水中，像一盞明燈，把水底照得透亮。

楊平西和袁雙在井水旁站了一下才往上走，路過老婆婆的家時，袁雙看到她就坐在門口，專注地剝著玉米殼。

偌大的吊腳樓，安安靜靜的，袁雙不由問：「婆婆一個人住？」

「嗯。」楊平西頷首。

「她的家人……」

「老伴前兩年去世了，兒女都在城裡打工。」

袁雙凝眉，回頭再看了眼。幽暗的燈光下，老太太一個人坐著，形影相弔，伶仃可憐。

今天才逛完千戶寨，再回到黎山寨時，袁雙就覺得寨子小，但小也有小的好處。比起千戶寨，黎山寨的吊腳樓沒那麼擁擠，蘆笙場周圍的吊腳樓相對集中，越往山上越稀疏錯落，到了「耕雲」，就沒有鄰居了。

黎山寨的吊腳樓只有百來棟，卻占據了小半屏的山，山上的房子周圍還有幾畝薄田，更顯開闊。

袁雙埋頭往上走，聽到虎哥喊楊平西，就知道旅店要到了。她抬起頭，看到二樓大廳透出的燈光，心裡莫名就定了下來。這種浮船靠岸的感覺是今天去了那麼多家飯店旅館所不能帶給她的。

回到旅店，袁雙往前臺看了眼，大雷和阿莎都不在，想來和早上一樣，楊平西怕她見到他們會尷尬，提前支開了。

袁雙在「美人靠」上坐下，目光四下逡巡了圈。大廳裡人影寥寥，只有為數幾個人分散著坐著玩手機。

袁雙不是遲鈍的人，她其實早就察覺到了，自她管理「耕雲」後，店裡的氣氛就變得不太一樣了，很多住了一陣子的客人，在這半個月內陸陸續續地離開了。

她初始還不以為意，覺得這是改革的一個過程。旅店的主要業務不是賣酒也不是賣飯，喝酒拼餐的人少了，並不是多大的損失。她一心只想著把入住率提高，但後來發現，儘管自己每天都費力地幫店裡拉客，但這段時間入住旅店的人並沒有變多。

「耕雲」之前每天都會有主動來入住的客人，有的是聽了別地的旅店老闆的推薦，有的是聽了之前入住過的客人的分享，有些是楊平西做自由行的朋友帶來的客人，有些是回頭客，一回頭、二回頭、三回頭的都有。

袁雙想到自己，她會認識楊平西，就是因為當時在藜陽的飯店，那位大姐把他的聯絡方式給了她。大姐去年搭楊平西的車，一年過去，她還能記得他，還願意介紹生意給他，就說明楊平西給她的印象非常深刻。

其實就算沒有黑子的一番話，袁雙也意識到了，「耕雲」的內核是楊平西。她之前一直以為楊平西是憑運氣在做生意，卻忽略了一個事實——他的生意運並不是憑空而來的。

他之所以總能遇到有良心的客人，是因為他自己就是一個這樣的人。黑子說得對，楊平西的性格就是「耕雲」的風格，什麼樣的老闆就會吸引什麼樣的客人，而她卻用冰冷的都市法則剔除了「耕雲」的特質，讓它泯然成了一間普通的商業化旅店。

楊平西在廚房泡了一杯蜂蜜水，回到大廳時沒看到袁雙，就去敲了她的房門。等了一下沒得到回應，他低頭看了眼，門縫裡一縷光亮都沒有。

這時「寶貝」跟進來，楊平西出聲詢問牠：「人在裡面嗎？」

「寶貝」低下腦袋嗅了嗅，沒過多久搖了搖尾巴。

「不在裡面，在哪？」

「寶貝」調轉腦袋，跑到大廳裡，來回轉悠了下，之後就進了後堂，攀著樓梯上了樓。

楊平西平時都不讓「寶貝」去樓上活動，這時也沒阻止牠，跟著牠上了樓。他看到牠停在走廊盡頭的小門前，不住地搖著尾巴，沉吟片刻便走過去，把陽臺的門推開。

門一開，楊平西就看到了坐在臺階上，正捧著一本書在看的袁雙。

袁雙聽到動靜，回頭就看到「寶貝」在她身後興奮地搖著尾巴，再抬頭，就看到了楊平西。

「怎麼坐在這？」楊平西走到陽臺上，隨手掩上門。

「涼快。」

楊平西走下臺階，在袁雙身旁坐下，把手中的杯子遞過去，示意道：「蜂蜜水。」

袁雙闔上書放在腿上，接過杯子。

楊平西掃了她膝上的書一眼，意外地看到了自己的詩集。他就說之前在書架上怎麼找不到這本書了，原來是被袁雙拿走了。

「不是說我的詩寫得不三不四的，怎麼還看？」楊平西笑問。

袁雙喝了口蜂蜜水，看了楊平西一眼，淡淡道：「當詩集看不行，當笑話看還不錯。」

「……」楊平西看著袁雙，忖了下問：「黑子和妳說了什麼？」

「沒什麼。」

「從酒吧出來，妳的心情就不太好。」

「有嗎？」

「嗯。」楊平西說：「不咋呼了。」

袁雙額角一跳，忍不住乜了楊平西一眼，一個字一個字地往外蹦：「挺厲害啊楊平西，還會說北京話。」

楊平西低笑：「虎哥教的。」

「還學了什麼？」

「尖果兒？」楊平西看著袁雙說。

尖果是老北京話裡漂亮女人的意思，袁雙聽楊平西那不標準的兒話音，忍不住翹了下嘴角，嫌棄了句：「不學點好的，盡學這種沒溜兒[4]的話。」

「沒溜——兒。」楊平西現學現賣，故意將兒話音咬得特別明顯。

---

4 沒溜兒，指說話不著邊際、不正經。

袁雙聽了，嘴角上揚的幅度變大，楊平西見了，無聲地勾了下唇。

笑一笑，袁雙心裡漲著的情緒就像是碰到了個氣孔，漸漸地平復了。

「楊平西。」

「嗯。」

袁雙轉了轉手中的杯子，緘默幾秒後，垂眼問：「我是不是挺勢利的，渾身散發著銅臭味？」

楊平西沒應答，袁雙餘光去看，就見他往自己這湊過來。

她心裡一緊，轉過頭問他：「你幹嘛？」

楊平西裝模作樣地嗅了嗅，抬眼說：「我聞了下，銅臭味沒有，倒是一股酒味。」

一直趴在後面的「寶貝」看到楊平西的動作，爬了起來，也湊到袁雙身邊聞了聞。

「真的是狗隨主人。」袁雙抬手，伸出一根指頭抵住楊平西的額頭，將他的腦袋推開，笑罵道：「我和你說正經的。」

「我說的就是正經的。」楊平西坐回原位，看著袁雙：「說說，怎麼了？」

袁雙沉默片刻，開口嘆也似的說：「我不適合留在『耕雲』。」

楊平西聞言眸光一沉：「三個月還沒到。」

「不用三個月，我現在就能知道，我不適合這裡。」

「我沒通過考核？」

「是我的問題。」袁雙搖頭，輕嘆一聲，說：「我好像有點水土不服。」

楊平西挑了下眉：「住了半個月，現在才水土不服？」

袁雙指了指腦袋，解釋道：「是觀念上，我之前學習的飯店管理理念和『耕雲』有衝突。」

「怎麼說？」楊平西大概猜到了袁雙的困擾，但他知道有些話得讓她說出來，不然她會憋得慌，便順著問了句。

「黑子今天和我說，『耕雲』的性子隨你，自由散漫，我覺得有道理。」袁雙仰起頭，看著從簷角露出來的月亮，慢聲道：「很多人來這裡是來放鬆身心的，他們需要的是一個像你這樣能像朋友一樣相處的老闆，而不是我這樣，盯著他們錢包看的商人。」

「我覺得我像是個『入侵者』，破壞了『耕雲』的生態。」袁雙眉間微蹙，語氣訕訕。

她大學畢業去北京，剛進飯店時處處碰壁都沒這次栽了一跤來得痛。初到藜東南時，她還自信滿滿，以為自己是來扶「耕雲」於將傾的，結果險些就把它賴以支撐的房梁拆了。

楊平西聽到袁雙一番認真的剖析，忍不住笑了兩聲。

袁雙回過頭，瞪他：「你笑什麼？」

「妳想太多了，又是『反派』，又是『入侵者』的。」楊平西止住笑，仍是一派雲淡風輕的模樣，好像所有的問題到了他那就會自然地變得不值一提。

「『耕雲』開門就是做生意的，和鎮上其他的飯店旅館沒什麼不一樣，都是要賺錢的。」

袁雙很懷疑楊平西的話，他怎麼看都不像是想賺錢的樣子，但轉念一想又覺得合理。楊平西並不是故意開店「做慈善」，只是他這個人就是這樣的，他遵照本心經營旅店，「耕雲」就成了她剛開始見到的那樣。

楊平西之前對「耕雲」的經營方式與其說是一種策略，不如說是他的處世方式。

「所以，你把我留下來，真的是為了幫你多賺錢的？」袁雙試探問。

「是，也不是。」

袁雙不知道楊平西打什麼機鋒，此時也不和他拐彎抹角，直接不客氣地說：「別給我在這打啞謎。」

楊平西雙手往後一撐，看著袁雙笑也似的說：「對妳『見色起意』？」

袁雙當下就想把手中的蜂蜜水潑到楊平西臉上，都這時候了，他還有心情拿她之前說的話調侃人。她轉過頭，不打算再理他。

楊平西一哂：「既然真的理由妳不信，那我就說個假的。」

「沒什麼特別的原因，和當初開『耕雲』一樣，想開就開了，想留下妳，就留下妳了。」

楊平西這話說了跟沒說一樣，袁雙卻覺得很有說服力，因為他就是這樣的人，隨心所欲，超然自得。

「『耕雲』開店快兩年了，情況一直不好不壞，一眼可以望到頭。」楊平西看向袁雙，緩緩說：「當初在侗寨看到妳幫幾個婆婆賣髮帶，我就在想，如果妳是『耕雲』的人，旅店會不會不一樣。」

「我留妳，是覺得妳會給店裡帶來一些變化。」

「壞的變化？」袁雙自嘲。

楊平西笑道：「『耕雲』的評分漲了零點一。」

「但是店裡入住的人並沒有變多，還不熱鬧了。」袁雙的表情略有些沮喪：「本來『耕雲』的生意勉強能讓你餓不死，現在被我這麼一折騰，你可能要喝西北風了。」

楊平西失笑：「才過半個月，說這話還太早了。」

「才半個月就這樣了，你還敢把旅店交給我打理？」

「嗯。」楊平西篤定道：「我知道妳不會甘心。」

袁雙垂眼緘默。

她一開始來「耕雲」時，還自大地覺得經營一家小小的旅店不是什麼難事，但事實證明，她大意輕敵了。「耕雲」不是尋常旅店，它自有一套運行模式，而楊平西則是這套模式的核心。

楊平西說她不甘心，她也的確是不甘心。

袁雙轉動著手中的杯子，很快思緒定住，開口冷靜道：「楊平西，你做的是人心的生意，我很佩服你，但要我像你這樣，我做不到。」

「人心是最難把握的東西，真心有時候並不一定能換來真心，我能做的就是把握住我能把握的。」

「比如？」楊平西問。

「錢。」

楊平西牽了下嘴角，一點也不意外袁雙會這麼說。

「我就是個俗氣的人，這點你剛認識我的時候就應該知道了。」袁雙回過頭看著楊平西，鄭重其事地說：「你如果還把店交給我，我還是不會按照你的方式去經營……至少，不會百分百照做。」

楊平西見袁雙眼神堅定，就知道她已經釐清了思緒，不再搖擺。

「我要是想讓『耕雲』一成不變，就不會留下妳。」楊平西輕笑，極其隨意地說：「就按妳的想法來。」

袁雙雖然話說得凜然，但心裡其實沒底，她握緊手中的杯子，說：「要是折騰關門了……」

「那就把妳自己賠給我。」楊平西笑道。

「你想都別想。」袁雙回頭，又恢復了戰鬥力。她把下巴一昂，決然道：「等著吧，楊平西，我一定能讓『耕雲』起死回生。」

「嗯，我信妳。」楊平西看著袁雙，語氣極輕，話卻極重。

袁雙和楊平西對視著，他的目光就如天上的月亮，明亮皎潔，她的心海在潮汐力的作用下，翻出了波浪。

她想，這男人，怕是真的會下蠱。

袁雙列舉了自己管理旅店可能會產生的一些不良後果，讓楊平西考慮清楚還要不要將「耕雲」交給她打理。楊平西渾然不在意，直說當初開店的時候都沒想這麼多，現在也一樣。他只讓袁雙放開手去幹，至於不良後果，等出現了再解決就行。

袁雙看楊平西一點都不未雨綢繆，完全不做預案，好像「耕雲」不是他的店一樣，拱手就讓給她試手，只道他真的是「冤大頭」人設不倒，心裡一時有些無奈，又有些動容。

這人雖然時常不正經，但在她需要的時候，又極其靠得住。

楊平西平時「小把戲」不斷，開解人意外的也很有一套，袁雙和他聊完之後，心裡的疙瘩就被撫平了，人也豁達了起來。

她想，楊平西作為老闆，都不怕「耕雲」被她搞砸了，她又何必瞻前顧後？

袁雙不是那種優柔寡斷拖泥帶水的人，她只允許自己脆弱了一晚上，隔天天一亮，就收拾好了情緒，滿血復活了。

黎山寨的公雞才叫了第一聲，袁雙就起來了。洗漱完畢，她從房間裡出來，見楊平西還沒起，主動去把店門打開。

天色濛濛亮，山野裡偶有早起的鳥兒啁啾兩聲，越顯山林寂靜。袁雙在店門外伸了個懶腰，做了幾個深呼吸，轉過身要進店時，垂眼就看到了自己之前寫滿店規的小黑板。

她盯著黑板思忖片刻，進店裡找來了黑板擦和粉筆，把上面的店規全都擦了，又拿筆重新寫了幾個字上去。

楊平西從底下上來時，就看到袁雙在倒狗糧給「寶貝」，他有些意外，走過去問：「今天怎麼這麼早就起來了？」

「『一日之計在於晨』，早點起來能多幹好多事。」袁雙摸了摸「寶貝」的腦袋，招呼牠吃飯，之後抬起頭，看著楊平西說：「今天就不用支開大雷和阿莎了，我有事找他們。」

楊平西眉頭微挑，端詳了下袁雙的表情。

袁雙察覺到他在打量自己，不由輕嗤，站起身說：「怎麼，怕我為難他們啊？」

「不是。」楊平西輕笑了下，說：「妳今天心情不錯。」

「託某人的福，昨晚睡得還可以。」

袁雙抬頭，和楊平西相視了一眼。眼神對上的那一刻，他們莫名其妙的一起笑了，像是心有靈犀一樣，有些事不用說，彼此都能明白。

餵完狗，時間還早，店裡的客人都沒起床，楊平西照常去吧檯清點酒水，袁雙無事，就牽著「寶貝」出了門，到寨子裡遛了遛。

寨子裡的寨民都起得很早，天色才將將亮堂起來，就已經有人在下井旁邊洗衣服了。袁雙牽著「寶貝」經過「水上糧倉」後面的婆婆家時被喊住了，然後手裡就被塞了一袋的新鮮蔬菜。

袁雙遛完狗，提著一袋蔬菜回到店裡，才把遛狗繩拆下，「寶貝」就奔向大廳裡的楊平西。

店裡來了人，是一個頭髮花白的老爺爺，袁雙走過去時，老爺爺正起身要走，回頭看到她，慈祥地笑了笑。

楊平西把老爺爺送出門，轉過身要進店時，就看到了入口處小黑板上的內容變了。之前黑板上寫得滿滿當當的店規全被擦了，取而代之的只有四個大字——歡迎光臨，以及仍被保存著的「～」。

楊平西看著黑板上的大字，垂首一笑，進了店。

「爺爺來店裡有什麼事嗎？」袁雙問。

「沒什麼，託我幫他帶點藥。」

「藥？」

楊平西解釋：「鎮上沒有大藥店，有些藥只有在市裡才買得到。」

袁雙神色一凜，問：「爺爺著急用藥嗎？不然你上午進一趟城。」

「不急，就是一些老人家的常備藥。」楊平西看著袁雙，忽地輕笑道：「之前不是交代我車不能空著走，現在允許了？」

「具體情況具體分析，有急事當然不能等湊滿了人再走。」

楊平西笑笑，垂眼看到袁雙手上提著的袋子，問道：「去逛市場了？」

「沒有。」袁雙提起袋子，說：「昨天晚上那個婆婆給的。」

楊平西稍稍一想，了然道：「孫婆婆。」

「她送了好多種菜……」袁雙說著，看到萬嬸進了店，就把手中的袋子遞給她。

萬嬸去了廚房，她動作俐落，很快就拌了兩份麵送上來，讓楊平西和袁雙先吃。

時間尚早，旅店早起的人不多，有兩個昨天入住的客人從樓上下來，到大廳看日出。袁雙見到他們，就熱情地招呼他們一起吃早餐。

兩位客人走過來，看了他們的拌麵一眼，覺得還不錯，就問一份多少錢。

「楊老闆請客，不要錢。」袁雙說著起身，走到樓梯口，朝底下喊了萬嬸一聲，辛苦她再拌兩份麵。

「我請客？」楊平西等袁雙坐下後，挑眉問她。

「你是老闆，不是你請，誰請？」

楊平西笑：「早餐不收錢了？」

「收。」袁雙說：「八點之後要在店裡吃早餐，就得付錢了。」

「八點前免費？」

「嗯。」

「不怕虧錢了？」

袁雙夾了一筷子麵，抬起頭說：「這半個月我觀察過了，店裡八點前能早起的客人就沒多少，不收也虧不了多少錢。」

楊平西失笑，點了下頭贊同道：「這條店規不錯，『早起的鳥兒有蟲吃』。」

他說完，抬手指了指自己的嘴角，提醒袁雙：「沾上了。」

袁雙抽了張紙隨意一擦。

楊平西見她頰側還沾上了點醬，也不好說具體是哪個位置，就自然地伸手過去，幫她擦了。

就在這時，大雷和阿莎一起到了店裡，袁雙餘光看到了，抬手輕輕打了下楊平西的手背，低聲抱怨道：「讓你動手動腳，這下大雷更覺得我是靠美色上位的了。」

「他這麼想也不全錯。」楊平西笑道。

「你別火上澆油了！」袁雙瞪了一眼。

因為那天的不愉快，大雷看到袁雙還有些彆扭。袁雙倒是很自如地打了聲招呼，讓他們吃早餐。

袁雙吃完把自己的盤子拿去了廚房，順手洗了，再回到大廳時，她看到阿莎在前臺擦桌子，就走了過去。

「不吃飯？」袁雙問。

阿莎拿出手機，敲了幾個字給袁雙看：『今天在家裡吃了飯過來的。』

袁雙頷首，又問：「妳媽媽的身體還好嗎？」

阿莎似乎有些意外袁雙會問這個問題，愣了下後，又噠噠打字回道：『最近都挺好的。』

「那就好。」袁雙說：「有什麼需要幫忙的記得說哦，別自己扛著。」

阿莎感激地看著袁雙，重重地點了下頭。

袁雙抿了下唇，再次開口問：「阿莎，妳喜歡『耕雲』嗎？」

阿莎毫不猶豫地點頭。

「也喜歡前臺這份工作？」

阿莎的表情有些遲疑，她蹙眉想了下，拿起手機寫道：『有時候喜歡，有時候不喜歡。』

袁雙看完抬眼，阿莎又拿回手機，快速地打下一段話：『當前臺，要和客人交流，每次我靠自己的能力，幫了客人的忙，就會很開心，覺得就算自己聽不到，不能說話，也還是可以做好這份工作！』

阿莎把這段話給袁雙看完後，又低頭刪掉，重新打上一行字：『但是有時候我讀不懂客人的話，幫不上忙，還要麻煩小楊哥和大雷，就會不喜歡自己，覺得自己沒有用。』

阿莎的話平白樸實，完全出自拳拳之心。她喜歡的是前臺這份工作，不喜歡的是幫不上忙的自己。

袁雙心頭若有所觸，抬起手輕輕掐了下阿莎的臉蛋，安慰道：「阿莎妳這麼厲害，為什麼要不喜歡妳自己。」

「很多聽得到、能說話的人都不一定能聽懂全部人的話，幫上所有人的忙，妳已經很厲害了。」袁雙放慢語速，由衷地稱讚道：「妳會讀唇，這放在以前，是能當特工的。」

袁雙怕阿莎讀不懂自己的話，拿出手機，把「特工」兩個字打出來給她看，又笑著說：「〇〇七。」

阿莎被逗笑了，忙謙虛地擺擺手。

阿莎純粹乾淨的笑靨就像是「三眼泉」上井的水，袁雙看著，忽然就釋然了。她想比起交流能力，這樣的笑臉對前臺這個崗位來說，顯然是更重要的。

袁雙朝阿莎招了下手，示意她看電腦。袁雙點開自己今早安裝在電腦上的一個軟體，點擊了下麥克風按鈕，說：「我把網路上語音轉換文字的軟體試了遍，這個是準確率最高的，裡面有很多語音包，方言、外語都有，下次妳再遇到讀不懂的客人，可以用這個軟體轉換試試。」

袁雙說完按了下轉換鍵，她說的話很快就轉成了文字顯示出來，阿莎看完，點了點頭，表示明白。

「這個軟體也支援文字轉語音，要是遇到不願意看字，或者有閱讀障礙的客人，妳也可以用這個軟體進行轉換，音量之類的我都調好了，妳放心用就行。」

袁雙等阿莎看完，又看著她慢聲說：「當然啦，軟體只是輔助，替代不了妳的，店裡的客人還需要妳多招待。」

「妳之前一直都做得不錯，我相信妳以後也會做得很好的。」袁雙頓了下，又說：「要是遇到什麼解決不了的事，可以說出來，我們一起商量，沒什麼大不了的，別有壓力。」

阿莎眨巴眨巴眼睛，露出了感動的表情，她抬起一隻手，握起四指，大拇指彎曲了兩下。

袁雙和阿莎相處了一段時間，能看懂簡單的手語，知道她在說「謝謝」。她想了下，便抬起雙手，掌心朝上，左右擺動了幾下，回了個「不用謝」。

袁雙和阿莎談心的時候，大雷一直在前臺附近徘徊，豎著耳朵在聽。袁雙裝作沒發現，和阿莎聊完後就從前臺出來，去書架上隨便抽了一本書，往大廳的空座位上一坐，一副兩耳不聞窗外事的模樣。

沒多久，袁雙的手邊就多了一杯水，她瞥了眼，不做反應。

大雷有點侷促，抬頭看向坐在「美人靠」上的楊平西，楊平西微抬下巴，用眼神略作示意。

大丈夫能屈能伸，大雷牙一咬，在袁雙對面落座，直接低頭說：「雙姐，我錯了。」

袁雙這才把視線從書面上挪開，抬眼故作高冷地問：「你錯哪了？」

「我不應該說妳是外人。」

袁雙闔起書：「我來『耕雲』沒多久，的確是外人，你沒說錯。」

「不是的。」大雷一個頭搖成兩個，很真誠地說：「我現在知道妳不是來拆散我們的，是來加入我們的。」

「……」

袁雙一噎，頓時失語。

「上次是我不對，不應該那樣說妳，那天楊哥已經罵過我了，妳今天再罵一次也行，我絕不還嘴！」

袁雙見大雷引頸就戮一般，好像自己是無情的劊子手，不由好笑。她心裡早就沒氣了，此時也不再擺架子，放軟語氣說：「那天我也有錯，你不怪我就行。」

「不怪不怪。」

「那我們以後有事說事，友好相處？」

大雷猛點頭。

「我現在有事找你幫忙，你幫嗎？」袁雙問。

「幫！姐，妳有事儘管吩咐，我肯定照辦。」大雷見袁雙態度軟化，又恢復了以前嘻嘻哈哈的狀態，鏗鏘道：「楊哥看上了妳，我就認妳這個老闆娘！」

「……」

袁雙再次失語，倒是在她後面坐著的楊平西忍不住笑了。

「你別跟著他學壞不學好啊。」袁雙點點桌子，朝大雷勾了勾手指，示意他湊近：「你去幫我把……」

她壓低聲說了幾句話，大雷聽完，朝袁雙做了個「ＯＫ」的手勢，像是得令的小兵，站起身就去執行任務了。

楊平西等大雷走了，從「美人靠」上起來，坐到大雷剛剛的位子上，看著袁雙問：「妳讓大雷去幹什麼了？」

袁雙重新拿起書，打開來看：「到時候你就知道了。」

「你們都背著我有祕密了？」

「那是。」袁雙抬起眼，挑釁一笑說：「你的兩個小弟小妹已經被我收買了，楊老闆，你被架空了。」

楊平西樂於看到袁雙和店裡的人關係好，此時只是輕笑，說：「都收了兩個了，不如再收一個？」

「妳看我——」

楊平西自薦的話沒說完，袁雙就「刷」地站起來，放下書說：「差點忘了正事。」

袁雙說完就走，楊平西看她風風火火的，追問了句：「幹嘛去啊？」

「找萬嬸。」袁雙頭也不回地說道：「把你徹底架空。」

袁雙之前為了控制成本，將「耕雲」的餐食標準壓得很低，只讓萬嬸做一些經濟實惠的家常菜。她一開始覺得楊平西定的拼餐費過低，還動過提高費用的心思，住了段時間後她才發現，店裡經常有免費的食材可用。

楊平西人緣好，寨子裡的寨民常常會送來自己種的果蔬，誰家宰了牲畜也會送一部分來，還有他的各路朋友，沒事就寄一些吃的給他。這麼一算，楊平西收那麼低的餐費，倒也不算虧本，但也不是特別合理。

免費的食材是隨機的，不是天天有，但拼餐費是固定的。袁雙想了下，決定店裡以後的拼餐費就不定死了，靈活一些，按這一餐的食材費用和人數來定。

袁雙去廚房找到了萬嬸，把自己的想法一說，讓萬嬸以後每頓飯都給她一個食材費用的清單，她再根據拼餐的人數，定出一個合理的拼餐費。

萬嬸也覺得袁雙這個想法可行，不虧錢，就應下了。

中午，袁雙讓萬嬸做了一桌子的菜，楊平西看到午餐這麼豐盛，還有些驚訝，問：「今天拼餐的人很多？」

「沒有。」袁雙回道：「就兩個。」

「那妳讓萬嬸做這麼多菜，不怕吃不完了？」

「不是還有你嗎？」

楊平西胃部一抽。

袁雙見楊平西表情微變，憋不住笑了，說：「你去看看還有哪些客人在店裡，都喊來吃飯吧，今天老闆做東，免餐費。」

「又是我請？」

袁雙下巴一抬：「不然呢？」

楊平西極輕地笑了下，也不問袁雙怎麼突然想起要請客人吃飯，乖乖地去喊人了。

今天天熱，店裡一小半客人下山去了風景區，還留下一小半沒出門。楊平西把樓下床位房和樓上單人房間的客人都喊到了大廳，「耕雲」的飯桌上算是又熱鬧了。

虎哥是老客了，這陣子也一直在店裡吃飯，看到併著的桌子上擺著的各式菜品時，他不掩意外道：「呵，今天什麼日子啊，怎麼辦起『長桌宴』了，還免費？」

他問楊平西：「是苗族的節日？」

楊平西搖頭。

「那怎麼請客了？」

楊平西朝袁雙示意了眼，虎哥詫異問：「妹妹啊，這是妳的主意啊？」

袁雙一邊分發碗筷，一邊說：「虎哥，前段時間委屈你的胃了，今天好好補償你，你就敞開了吃。」

虎哥納罕，過了一下看著袁雙，語重心長地勸道：「妹妹啊，妳不能走極端啊。」

袁雙失笑：「以後店裡拼餐還是收錢的。」

有今天上午入住的客人不了解，問了句：「拼餐費多少啊？」

「零到三十。」袁雙轉頭回道：「看食材和吃飯的人數來定。」

「零是不要錢？」

袁雙噙著笑，點頭：「楊老闆心情好的時候就免費，像今天這樣。」

又有客人問：「那楊老闆怎樣才能心情好啊？」

楊平西嘴角噙著笑，看向袁雙，說：「她說了算。」

「哦～」所有人立刻起鬨。

袁雙不是開不起玩笑的人，此時也沒敗興，她把碗筷分給每個客人後，瞟了楊平西一眼，見他又憋著壞笑，拿手肘杵了他一下，吩咐他去拿兩瓶啤酒來。

「酒也是免費的？」虎哥問。

楊平西拿了酒回來，袁雙接過一瓶，熟練地用筷子撬開瓶蓋，回道：「店裡以後每頓飯都會送兩瓶酒，喝完想再喝就要收費了。」

兩瓶酒，很多人大概才嘗了個味，過不了癮。袁雙看似送酒，其實是用免費酒來刺激店裡的酒水消費，還能博個好名聲。

楊平西思及此，看了袁雙一眼，算是明白她昨晚說的不會百分百按照他的方式做生意是什麼意思了。

他微微一笑，垂眼幫忙把另一瓶酒開了。

一頓飯下來，賓主皆怡，飯桌上你來我往，觥籌交錯，十分熱鬧。很多本來下午要走的客人都續住了一晚，袁雙就趁機讓他們多幫忙宣傳旅店，推薦些朋友來玩。

楊平西白天不喝酒，怕有事要開車，有客人來敬酒，都是袁雙幫忙喝了。現在在外人眼裡，他們就是一體的，是「耕雲」的代表。

吃完飯，有些客人還坐在大廳裡聊天，楊平西洗了寨民送的蜂蜜李放在桌上，算是飯後水果。他拿了幾顆李子攥手上，朝坐在「美人靠」上吹風的袁雙走去。

「蜂蜜李，嘗嘗。」楊平西在袁雙面前攤開手。

「酸不酸？」

「熟了的，不會。」

袁雙拿了一顆李子，咬了一口，李子入口微酸，但不澀，她咬下果肉嚼了嚼，真的嘗出了蜂蜜的滋味。

楊平西在袁雙旁邊坐下，把手上的李子攤開給她。

萬嬸這時候走來，遞了張帳單，上面是今天中午的食材費。袁雙接過來掃了眼，頓時一陣肉疼。

「這得拉多少個客人才能回本啊。」袁雙低嘆道。

「後悔了？」

袁雙把帳單一摺，轉身趴在欄杆上，望著日頭下靜謐的寨子，說：「沒什麼好後悔的，就當是店慶活動好了，熱鬧一下。」

「慶祝什麼？」楊平西側過身，一手搭在欄杆上，看著袁雙問。

「慶祝……我來店裡？」

袁雙聽到楊平西的低笑聲，回頭質問：「笑什麼，我來你這不值得慶祝啊？」

「值得。」楊平西帶著笑意說：「妳來『耕雲』可是件大事，請一頓飯慶祝遠遠不夠。」

「意思一下就好了。」袁雙又趴回去，瞇了下眼睛，懶散道：「你可別再給我敗家了。」

楊平西低頭一哂。

這時，有個大姐過來問鎮上去藜江市的巴士的發車時間，袁雙告訴她是整點發車。現在剛過一點，那大姐家裡突然有急事，要趕去藜江搭火車回去，知道錯過車後，很是焦急。

袁雙了解情況後，看向楊平西，說：「你送大姐去火車站吧。」

那大姐聽了，問車費多少，袁雙也沒跟她要包車的錢，說是順路，只按巴士的票價收了她一點油錢。大姐千謝萬謝，立刻就回房間去收拾行李了。

「順路？」楊平西問：「妳有東西要買？」

袁雙搖頭，說：「早上爺爺不是託你幫他帶藥，你去了市裡，別忘了。」

楊平西了然。

「還有，你把大姐送到火車站後別急著回來，把車開到出口處等一等。」袁雙叮囑了句。

楊平西挑眉：「要我拉客？」

袁雙嗤一聲：「指望不上你。」

「那妳是……」

袁雙狡黠一笑，拐著彎地說：「等你下山就知道了。」

楊平西不知道袁雙葫蘆裡賣什麼藥，還沒等問明白，大姐就提著行李箱下樓了。楊平西知道她趕時間，也不耽擱，拿上車鑰匙，幫大姐提上行李箱，下了山。

到了山腳停車場，楊平西險些沒認出自己的車。他詫異地看著車身上的貼紙，好一陣子才反應過來，猜到了這就是早上袁雙讓大雷幹的事——在他的車上貼廣告。

汽車兩邊都貼了東西，一邊是古橋風景區的風景圖，一邊是「耕雲」的照片，此外還有宣傳語，什麼「藜東南世外桃源」、「古寨風情」、「有景可觀，有酒可飲，有帥哥可看」……

楊平西啞然失笑，這才算是明白袁雙剛才的話是什麼意思。

她說指望不上他，原來是已經有後招……不，是有先手了。

袁雙剛來「耕雲」不久就在網路上訂製了車身貼紙，正巧今天快遞到了鎮上，她就讓大雷幫忙把貼紙貼在了楊平西車上。

楊平西做生意這麼隨性，袁雙只好小施手段，想辦法從別處下手了。她想，車上貼了「耕雲」的廣告，就算拉不到客，能起個宣傳作用也好。

袁雙中午喝了酒，酒精起了作用後，她人有些犯睏。午後店裡也沒什麼事，大中午的太陽這麼晒，也沒什麼遊客來逛寨子，她就心安理得地去睡了個午覺。

打從大學畢業進飯店工作以來，袁雙睡午覺的次數屈指可數，說睡覺，其實也只是閉眼休息十分鐘。今天在「耕雲」，她算是時隔已久地睡了個踏實的午覺，一覺醒來，已過三點。這覺睡得比她想的要久、要沉，醒來後看到時間，她也沒有睡過頭的緊迫感和罪惡感，還懶洋洋地伸了個腰，迷瞪了一下才起床。

袁雙洗了把臉從房間裡出來，大廳裡只有兩個客人在坐著看書玩手機，阿莎已經從千戶寨回來了，大雷正陪「寶貝」在玩球。

午後的陽光斜照進廳堂裡，微風不燥，風鈴輕輕搖響，一切都很平和。

袁雙走到前臺，問阿莎：「你們楊老闆還沒回來嗎？」

阿莎輕輕搖頭。

「也不知道他能不能拉到客。」袁雙嘀咕了句。

她走到吧檯後，自己倒了一杯水，正喝著，轉眼看到虎哥背著個行李包從樓上下來。

袁雙立刻放下杯子，錯愕道：「虎哥，你這是……要走？」

「對啊。」

袁雙十分驚訝，中午虎哥還和她一起把酒言歡，侃侃而談，完全沒說過要走的事。她詢問：「怎麼這麼突然，家裡有事？」

「沒有。」虎哥豪爽一笑，說：「在老楊這待了有段時間了，心靈也清洗乾淨了，我想著該挪地方了。」

袁雙完全沒有心理準備，虎哥卻瀟灑得多，他拿出手機，掃了前臺的付款碼，一邊低頭點著螢幕，一邊說：「結帳。」

「楊平西的規矩，你是他朋友——」

「親兄弟明算帳，我不能白吃白喝。」

虎哥說完，袁雙的手機裡就彈出了一筆進帳訊息，她點開看了眼，發現虎哥轉了好幾千過來。她一驚，立刻開口說：「虎哥，轉多了。」

「不多，我在店裡都住了小半個月了。」

「是多了——」

「不多的，我心裡有數。」虎哥說：「真的多轉了，老楊下次就不讓我來了。」

袁雙抿唇：「楊平西下午送人去藜江市了，應該快回來了，你要不要等等他，或者明天再走，晚上再一起吃頓飯喝杯酒？」

「不了。」虎哥擺了下手，說：「飯中午已經吃了，沒一起喝杯酒是有點可惜，但是沒關係，我以後還來，要喝酒有的是機會。」

袁雙張張嘴還想說什麼，虎哥抬手制止她，說：「妹妹啊，『天下沒有不散的宴席』，這次來能認識妳，我們也算是有緣。」

袁雙有些難過，開口說：「虎哥，之前……對不起了。」

「說什麼話。」虎哥「嘖」一聲，大方道：「都知道妳是為『耕雲』好，老楊看人準，他信妳，我信他。」

「之前我還擔心老楊這旅店會撐不下去，現在有了妳，是他的福氣。」虎哥看著袁雙，認真道：「希望下次來『耕雲』還能見到妳。」

袁雙想起這陣子和虎哥相處的點滴，心中慨然，她走出吧檯，送了虎哥一程。

到了店門口，虎哥轉過身攔住袁雙，說：「妹妹，送到這就行了，替我和老楊說一聲……我走了。」

虎哥背著包往山下走，邊走邊朝身後揮了揮手，瀟脫又恣意。

袁雙以前在飯店，職業性地送別過很多客人，她以為自己足夠理性，可此時眼看著虎哥的身影慢慢變小，她的眼眶莫名有些濕熱，就如同告別了一位摯友。

虎哥走後一小時，楊平西才從藜江市回來，還帶回了兩個客人。

袁雙顧不上迎接兩位新客，喊來阿莎幫人辦入住，然後就把楊平西拉到一旁，說：「虎哥下午走了。」

楊平西聽完，只是微點了下頭，表示知道了。

袁雙見他反應平淡，蹙了下眉，問：「他之前和你說過今天要走？」

「沒有。」

「那你怎麼一點都不意外？」

「虎哥要來也不會提前說。」楊平西說：「『耕雲』就在這，以後還有機會見面。」

楊平西說的雲淡風輕，袁雙卻被觸動到了。

顯然楊平西與他的朋友之間自有一種無形的默契，他們的相交相知相別並不需要轟轟烈烈極盡煽情。對他來說，朋友來，「耕雲」永遠有一間房住，朋友走，他也不會強行挽留。

他們之間並不需要特別鄭重的道別，因為彼此都明白，就如天上的浮雲一樣，散了，總會有再聚起的一天[5]。

——《耕雲釣月》未完待續——

5 注：金庸：「你瞧這些白雲聚了又散，散了又聚，人生離合，亦復如斯。」

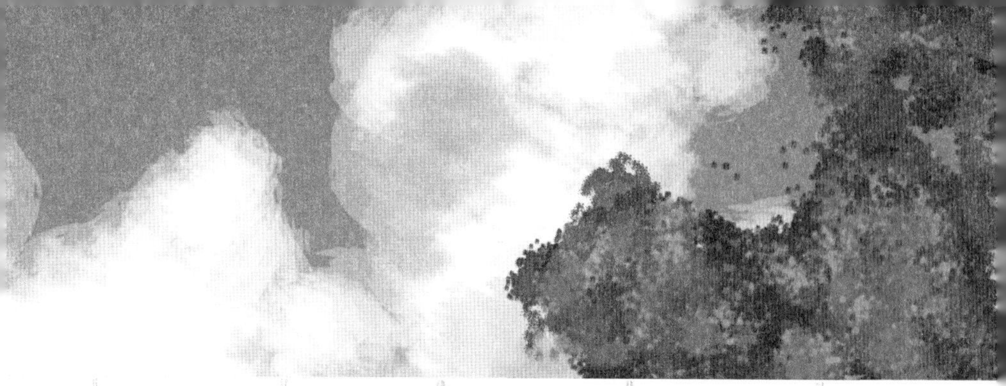

高寶書版集團
gobooks.com.tw

YH 194
耕雲釣月（上）

作　　者　嘆西茶
封面繪圖　恬　恙
封面設計　恬　恙
責任編輯　楊宜臻
內頁排版　賴姵均
企　　劃　何嘉雯

發 行 人　朱凱蕾
出　　版　英屬維京群島商高寶國際有限公司台灣分公司
　　　　　Global Group Holdings, Ltd.
地　　址　台北市內湖區洲子街88號3樓
網　　址　gobooks.com.tw
電　　話　(02) 27992788
電　　郵　readers@gobooks.com.tw（讀者服務部）
傳　　真　出版部(02) 27990909　行銷部 (02) 27993088
郵政劃撥　19394552
戶　　名　英屬維京群島商高寶國際有限公司台灣分公司
發　　行　英屬維京群島商高寶國際有限公司台灣分公司
法律顧問　永然聯合法律事務所
初版日期　2025年04月

原著書名：《耕云钓月》由北京晉江原創網絡科技有限公司授權出版。

國家圖書館出版品預行編目(CIP)資料

耕雲釣月 / 嘆西茶著. -- 初版. -- 臺北市：英屬維京群島商高寶國際有限公司臺灣分公司, 2025.04
　冊；　公分. --

ISBN 978-626-402-220-0(上冊：平裝). --
ISBN 978-626-402-221-7(下冊：平裝). --
ISBN 978-626-402-222-4(全套：平裝)

857.7　　114002856